テニスンの森を歩く

西前美巳 著

開文社出版

目　次

第1部　テニスン論の諸相

第1章　序にかえて──テニスン詩の魅力は何か……………… 3

第2章　「仕立て直された」テニスン像 ……………………………13

第3章　テニスンとオーストラリア …………………………………41

第4章　イギリス文学にみるギリシア神話 …………………………69

第2部　書評をめぐって

第1章　『テニスンの詩想──ヴィクトリア朝期・時代代弁者
　　　　としての詩人論』（桐原書店、1992年12月、Ａ5判・660頁、
　　　　15,000円）に関するもの ……………………………………75
　　　［本書の概要と目次紹介］

　　1　『英語青年』（1993.7月号、上島建吉氏）

　　2　イギリス・ロマン派学会『イギリス・ロマン派研究』
　　　　（1994.3.第9号、戸田　基氏）

　　3　中国・四国イギリス・ロマン派学会『英詩評論』
　　　　（1993.6.第9号、吉村昭男氏）

　　4　日本英文学会『英文学研究』
　　　　（1995.1.第71巻第2号、平林美都子氏）

　　5　徳島新聞・文化欄（1993.4.7.朝刊、向井　清氏）

第2章　『テニスンの言語芸術』（開文社出版、2000年10月、Ａ5判・
　　　　248頁、3,500円）に関するもの ……………………………97
　　　［本書の概要と目次紹介］

　　1　『英語青年』（2001.3月号、加畑達夫氏）

2　中国・四国イギリス・ロマン派学会『英詩評論』
　　　（2001年6月、第17号、忠津光治氏）

第3章　私自身の書いた書評（主要なもののみ）……………104

  1　吉村昭男著『マシュー・アーノルドの文芸批評——詩と批評のあいだで——』（中国・四国イギリス・ロマン派学会
　　　『英詩評論』第5号、1988.6）
  2　吉村昭男著『時代精神のなかの文学——M.アーノルド、T.S.エリオット、H.リードをめぐって——』
　　　（中国・四国イギリス・ロマン派学会『英詩評論』第10号、1994.6）
  3　国弘正雄著『私家版和英』
　　　（徳島新聞・文化欄、1986.6.8.朝刊）

第3部　国際記念大会・学会に参加して

　第1章　テニスン没後100年記念国際大会
　　　　（於英国リンカン市、1992.9）……………………117
　第2章　テニスン令夫人没後100年記念国際大会
　　　　（於英国ワイト島、1996.5）……………………120
　（付）「わがこころの風紋——テニスン研究40年の回顧」
　　　『鳴門英語研究』第11号、1997、「西前美巳教授退官記念論集」
　　　より転載

あとがき ……………………………………………………134
初出一覧 ……………………………………………………137
索　　引 ……………………………………………………139

第 1 部

テニスン論の諸相

第1章

序にかえて

―― テニスン詩の魅力は何か ――

英詩研究は一に精読、二に精読

　広辞苑によれば、「精読」というのは、「細かい部分までよく注意して読むこと。熟読。」とある。文学から文学性を剝ぎ取っていく批評行為が、一世を風靡した四半世紀であったと言われるが、新歴史主義とか新しい批評理論も今や制度の中に回収されて閉塞状況に陥っている観を呈している昨今、やはり文学性の精華である詩歌を、一に精読、二に精読していく姿勢こそ、文学愛好家の中で静かに甦り始めている普遍的憧憬ではなかろうか。

　テニスンなる詩人をこの半世紀にわたって研究してきた者にとって、この桂冠詩人の書いた1行1行は、いわば彼方で微光を放ちつつ、絶えず手招きをしているモナリザのごとき感があった。そして、その1行1行に精読、そして精読を重ねながら歩んできたのが、私の研究履歴といえようか。いま、それを振り返りながら、詩歌研究のひとつのレーゾン・デートルについて何らかの示唆をお示しできれば望外のよろこびである。

＊

1809年に生まれ、1892年に他界するまで、83年間におよぶテニ

第1部　テニスン論の諸相

スンの長い生涯は、文字どおり19世紀そしてヴィクトリア朝の殆ど全期間に跨るものである。その産み出された作品の量は、英国の詩人中、屈指の豊富さと多様ぶりを誇っているのは改めて指摘するまでもない。そのような膨大な作品の中から、ここに二つの具体例となる詩篇を取り上げ、その「精読・注釈・翻訳」といった問題について一考しながら、テニスン詩の魅力は何かを探ってみたい。

　先ず、初期詩集の中から、'The Lotos-Eaters' の中の11行（46-56）を取り上げよう。スペンサー連から成る Prologue に引き続いて、水夫たちのうたう Choric Song が現れるが、その中の第1節である。

```
     There is sweet music here that softer falls
     Than petals from blown roses on the grass,
     Or night-dews on still waters between walls
     Of shadowy granite, in a gleaming pass;
50   Music that gentlier on the spirit lies,
     Than tired eyelids upon tired eyes;
     Music that brings sweet sleep down from the blissful skies.
     Here are cool mosses deep,
     And through the moss the ivies creep,
55   And in the stream the long-leaved flowers weep,
     And from the craggy ledge the poppy hangs in sleep.
```

　咲きこぼれる薔薇の花びらが草の上に落ちるその音よりも
　さらに優しく聞こえる調べがここにある、

第1章　序にかえて

　また雲母の煌く山路、ほの暗い花崗岩の重なるなかを
　音なき渓流に夜露の降りる音よりも優しく聞こえる調べが。
　また疲れた瞼が疲れた眼に落ちかかるそのかそけさよりも
　さらにかそけく魂に降りかかる調べが。そして
　祝福満つる大空から甘き眠りを運ぶ調べがここにある。
　ここなる苔は冷たく深く、
　苔の上には蔦が広がる。
　流れの中には葉の長い水草が揺らぎおり、
　ごつごつした岩棚には芥子の花が眠るがごとく咲き静まる。

　ロータス・ランドの幽渺たる境地と、けだるく、もの憂いムードを描出するにあたっては、長母音や二重母音の効果が巧みに取り入れられ、また絶妙のイメージが駆使される。

　そこはかとなき音楽が、優しく聞こえてくるのは、さながら咲きこぼれる薔薇の花びらが草の上に落ちる、そのかそけき物音に喩えられようか、というのである。また、雲母の煌く谷の路のほとり、静かに流れる渓流に、ひそかに降りる露の音の、そのかそけさにも喩えられる。そしてさらに疲れた人がその目を静かに閉じる際の、その瞼の音のかそけさよりも、優しく静かに、人の魂に触れる音楽のあることが詠われる。

　巧みなイメージ群により、ロータス・ランドの「かそけきけだるさ」が表白される。感覚的な陶酔に陥り、現実の苦悩から逃避し、半ば夢心地で自己喪失を願うようになる水夫たちの、まさしく開口一番の「合唱のうた」の第1節である。とりわけ、最後の2行には、描かれた情景とそれを表す言葉の響き（word-music）との融

合がある。ゆらゆら揺らめく水藻の風情は、stream, long-leaved, weep という長母音のもつのどかな響きにうまく表されており、さらに［1］の頭韻（long-leaved flowers）が加わってまろやかな味わいをいっそう助長する。次の行の craggy, ledge, poppy, hangs という短母音のもつきびきびした響きも巧みに岩棚の状況を連想させると同時に、最後の sleep という長母音の、のどかな「打ち止め」で咲き静まる芥子の花のたたずまいが効果的に描かれる。絵画的なテニスンの詩筆の面目躍如たるところである。

次に、中期作品の代表作である『イン・メモリアム』から第11節を取り上げよう。自然の風景と詩人の心象との巧みな融合が描かれた「静かな絶望」は、英文学史上、最長・最大の挽歌と謳われるこの長篇詩のなかでも出色の出来映えを誇る。

晩秋のある朝、詩人が故郷リンカンシャーの丘に登り、眼下を見渡したときの、しみじみとした感懐をうたったもの。

> Calm is the morn without a sound,
>   Calm as to suit a calmer grief,
>   And only through the faded leaf
> The chestnut pattering to the ground:
>
> 5 Calm and deep peace on this high wold,
>   And on these dews that drench the furze,
>   And all the silvery gossamers
> That twinkle into green and gold:

第1章 序にかえて

Calm and still light on yon great plain
10   That sweeps with all its autumn bowers,
      And crowded farms and lessening towers,
   To mingle with the bounding main:

Calm and deep peace in this wide air,
      These leaves that redden to the fall;
15   And in my heart, if calm at all,
   If any calm, a calm despair:

Calm on the seas, and silver sleep,
      And waves that sway themselves in rest,
      And dead calm in that noble breast
20   Which heaves but with the heaving deep.

静けき朝(あした)、物音もなく
　更に静かなる悲しみに相応(ふさわ)しい静けさ、
　わくら葉のあいだを縫ってぽとぽとと
聞こえるはただ栗の実の地面に落つる音。

静けさと深き安らぎのゆきわたるは、この小高い丘の上、
　ハリエニシダをぬらすこの露の上、
　そして蜘蛛の巣の、
緑と金の光を放つ銀糸の上。

第 1 部　テニスン論の諸相

　　　静けさと静かなる光のゆきわたるは、彼方の大平原、
　　　　はるばると散らばる秋の日のあずまや、
　　　　　群がり寄り合う農家の家、小さく見える遠い塔、
　　　果てを限るあの大海原。

　　　静けさと深き安らぎのゆきわたるは、この広い大空、
　　　　紅葉して散りゆく木の葉、
　　　　　そしてわが胸にもこの静けさがあるならば、
　　　もしあるならば、それは静かなる諦め。

　　　静けき大海原には 銀(しろがね) の眠り、
　　　　波は揺りかごを揺すって眠り、
　　　　　あの友の気高き胸には死者の静けさ、
　　　高まる波とのみ高まる胸に。

　静かな朝の情景とその心象風景を描出するのに、これほど相応しい、見事な断章はない。五つのスタンザから成るこの節には、全部で 10 個の calm が用いられている。このほか calmer という比較級もみられる。しかも注目すべきはその位置である。各スタンザの冒頭という看過しえない場所にすべて calm を置くのである。意味もさることながら、そのゆったりとした長母音は、静けさの余韻を助長すること必定である。さらに細かく注意すれば、calm と相伴って叙述の役割を果たす be 動詞は、第 1 スタンザに一つあるのみである。このような be 動詞の欠如が静けさの表現に役立つばかりでなく、「閑寂」という印象を圧縮した迫力で表現するうえに、この

calm 頻用という技法もまた、少なからず奏功しているのは間違いない。

「精読」という視点から、一つの例として特筆すべき表現に注目し、一考したい。最終行の「高まる波とのみ高まる胸に」という措辞である。反復の妙技と称すべきものだが、この1行には、コウルリッジの 'Song of the Pixies'（56）に出てくる 'Heave with the heavings of the maiden breast' やバイロンの *Bride of Abydos*（Ⅱ, 26）に現れる 'His head heaves with the heaving billow' など、ロマン派の残響がうかがえるように思われる。

テニスンの詩には、このような効果的反復の技法が少なくない。ちなみに、いくつか例をあげよう。

'*Climbing* up the *climbing* wave'　　　　　（'The Lotos-Eaters', 95）
'*Creeping* with the *creeping* hours'　　　　（'St. Agnes' Eve', 7）
'*Deepening* thy voice with the *deepening* of the night'
　　　　　　　　　　　　　　　（'In the Valley of Cauteretz', 2）
'*Burned* like one *burning* flame together'
　　　　　　　　　　　　　　　（'The Lady of Shalott', 94）

これらの用例でも明らかなように、すべてゆったりとした長母音か二重母音をもった語が反復されており、1行の中におけるそれらの語のもつリズムと音調は詩趣の盛り上げに奏功しているのは論を俟たない。

ちなみに、この第11節「静かな絶望」の断章は、すぐあとの、第15節「狂おしき不安」を詠んだものと好対照をなしており、その対照ゆえに互いにその詩趣を高め合うことになる。初冬のある夕暮れ、詩人は胸裡に騒ぐ狂おしき不安を意識した。嵐は西のほうか

ら吹き荒れ、枝にかろうじて残っていた病葉(わくらば)は飛び散り、深山鴉(みやまがらす)は吹き流され、森は叫び、川は逆巻き、家畜は牧場に駆け集い、赤い夕陽は塔や木立の影を長く地上に落とす情景が点綴されて、「対照」の技法が見事に開陳される。

　紙面の都合で、引用詩行は以上で留めるが、総じて、テニスン詩の魅力は何か、という本稿表題もあり、ここで、この桂冠詩人の詩業の魅力あるいは特質について考えたい。

　第一は、ロマン主義の詩風の残響をその詩作に留めながらも、この期特有の時代感覚に敏感に反応し、また、これと呼応しながらテニスン独自の美感、想像の豊麗、斬新な描写、荘重典雅な格調を樹立している点である。

　第二は、この詩人の詩風はどちらかといえば、整然としすぎて静的ですらあり、発想の奔流に身を任せて筆を進めるというより、むしろ素直な、秩序ある、しかも柔軟な美しさを目指して詩作上の努力を惜しまなかったという点。

　第三は、テニスンが一時代の国宝的な存在と謳われながらも、彼自身が身構えたような宗教ないし道徳の思想家としてではなく、ミルトンやグレイなどと同様、洗練された英語の韻律美を旨とする言語芸術家としての特質をもっていたという点である。これは、あくまで「総じて」という括弧つきの概観であることをご了解いただきたい。

　さて、本特集は、詩の精読・注釈・翻訳という観点からの考察が期待されているようなので、ここで是非触れておきたいのは、C.リックスの編纂した『テニスン詩集』3巻本のことである。過年（2002）オックスフォード大学詩学講座教授という名誉あるポスト

第 1 章　序にかえて

に就任した米国ボストン大学のリックス教授は、長年テニスン研究に従事し、詩歌研究の世界的碩学であり、私は彼のレンガ大の 3 冊本から成るロングマン社の注釈本（1987）を生涯にわたる先導書として愛読しているものである。発刊当時「ケンブリッジ学派の見事な収穫」と称揚された書物であり、テニスン研究におけるバイブルといっても過言ではない。ついでながら、わが国においても同様の書がある。齋藤勇『イン・メモリアム』（研究社出版、1966）なる注釈本である。詳細な Introduction は、90 頁にもおよび、しかもずっしり詰まった脚注は、周到にして懇切、明快にして該博な知の宝庫といってよい。これまた、私にはバイブルそのものであった。

　最後になったが、注釈や翻訳という行為を含めた教育的問題として触れておきたいのは、詩歌への関心・興味を高揚させる重要な手立てとして、対訳本の効果的利用ということが考えられる。英語の専門家はいうにおよばず、一般の人々に愛読され、利用されやすい文庫本などによる「対訳本」の重要性は、「詩の復権」を語る際に忘れてはならないものではなかろうか。

　2003 年、私は岩波文庫の中に『対訳　テニスン詩集──イギリス詩人選（5）』を叢書の 1 冊として上梓する機会に恵まれ、私の半世紀におよぶテニスン研究の一つの決算として「注釈と対訳」を一本にまとめることができた。英詩を日本語に移し変えることの難しさを痛感してきた歳月の、いよいよ最終段階、と意気込んで苦吟したのであった。

　膨大な量のテニスン詩の中から、およそ 2,000 行の詩行を厳選し、それに解説、注釈、そして対訳をつけることになった。その際、特に心がけたことは、当然のことながら、原文と対訳が同じ行

11

第1部　テニスン論の諸相

に、なるべく来るように配慮したこと、また原文が韻文である以上、訳語もそれと呼応するよう腐心し、格調のある言葉を選んだことなどである。出来映えについては、内心忸怩たるものがあるが、精一杯努めたので、後悔はない。少なくとも、テニスン詩の魅力と特質は、じゅうぶん堪能していただけるものと思っている。

Cambridge の Trinity College ホールに
坐するテニスン大彫像に倚りて。

第2章
「仕立て直された」テニスン像
――新発見資料に基づく伝記本3点をめぐって――

はじめに

　このところアルフレッド・テニスンに関する伝記的研究書の刊行が目立つようである。いずれも大部のもので、中には640頁を越す大型本もある。従来、テニスンの伝記といえば、詩人の長男ハラム・テニスン編の『追想録』（全2巻）〔1897年〕がその筆頭にあげられていたが、この伝記は詩人や詩人の家庭に不都合な部分をすべて削除した、いいことずくめの「詩聖」テニスンの伝記となっており、一面的な事実しか伝えていない憾みを残している。しかし、今日、これは欠陥を含みながらも一つの「古典的」伝記として評価されているといってよい。

　詩人の息子による伝記が出版されてから凡そ50年経った1949年、今度は詩人の孫であるチャールズ・テニスンという人物が、それまで故意に隠蔽されていた詩人の家庭内の不幸な出来事――例えば、詩人の若い頃の父親の狂乱憂鬱症、アルコール中毒症、また、こうした精神不安定からややもすれば惹起する家庭内暴力など――や、テニスン一家の「黒い血」の実態（兄弟たちの精神病、非行など）を暴露的ともいえる筆致で浮き彫りにした『アルフレッド・テ

第1部　テニスン論の諸相

ニスン』という書を公刊したのである。

　この書物がテニスンの伝記研究の世界に与えたインパクトは計り知れない程大きなものであった。長男の伝記が不都合な点を一切除去していただけに、その反動としてこの赤裸々な陳述の衝撃が強烈であったことは容易に想像できるのである。

　その後、伝記的研究に主眼を置いた労作としては1960年、J. H. バックレー『テニスン――一人の詩人の成長』、1962年、J. リチャードソン『著名なるヴィクトリア人』、1963年、R. W. レーダー『テニスンの「モード」――その伝記的来歴』、1972年、C. リックス『テニスン』、1974年、チャールズ・テニスン及びH. ダイソン『テニスン家の人々――天才への背景』などがあるが、小論では爾後刊行された書物のうち、主要な伝記的労作に焦点を絞り、これらに描出されるテニスン像が、従来の伝記における詩人像といかに異なり、いかに鮮やかに展開されているかをそれぞれの書物の書評的な意図も踏まえ、論述していきたいと思う。

1

　1978年、Routledge & Kegan Paul社から刊行されたP. ヘンダソン『テニスン――詩人そして予言者』は、先達の業績を踏まえながらも誠に清新にして鮮やかなテニスン像の樹立に成功した著作といえる。叙述が平明流麗であり、いわゆる学術研究書的な、肩肘張ったいやみは全くなく、楽しいしかも迫力ある伝記となっている。

　全体は14の章に分けられ、83年に及ぶ長い詩人の生涯の再構築

第2章 「仕立て直された」テニスン像

が丹念に試みられている。詩人の祖父、父親、そして詩人の少年時代を論じた第1章から以下、順次、大学生としての青春時代、刎頸の友アーサー・ハラムとの交遊、初恋の人ローザ・ベアリングとの愛とその挫折、父親の死去、家計の窮乏、大学中途退学、数度にわたる一家転住、10年以上の紆余曲折を経たエミリー・セルウッドとの婚約そして結婚成就などが鮮やかな筆致で描かれている。

また、詩人が『イン・メモリアム』を公刊後、桂冠詩人として人気・名声はいよいよ上昇し、文人として最高の栄誉を荷うに至る後半生の経緯も詳細に、しかも偏りなく開陳されているといえる。殊に晩年から死に至るまでを扱った第13、14の章などは迫力に富む叙述となっている。

総じて、ヘンダソンの論述方法は客観的であり、この詩人が友人や同時代人の眼にいかに映っていたかを彼らの言葉を援用しながら精力的に論述している。とりわけ、カーライル夫妻、ブラウニング夫妻、サッカレー夫妻、B. ジョウエット (Jowett)、E. リア (Lear)、J. M. キャメロン (Cameron)、ヘンリー・ジェイムズ、エドマンド・ゴス、ヴィクトリア女王、W. アリンガム、グラッドストン夫妻などによるテニスン印象記乃至会見記を随所に活用し、今までの伝記になかった新しいテニスン像の構築に一役買っている。新しい資料を駆使しながら、手馴れた伝記作家らしく、サブタイトルにあるように「詩人そして予言者」としてのテニスンの人間的な哀歓を淀みなく描出している。

既にスウィンバーン、W. モリス、J. スケルトンなどに関した著作を公刊し、著述家、伝記作家としての定評のあるヘンダソンがヴィクトリア朝の予言者的大詩人と謳われたこの詩人の生涯に鋭い

15

第1部　テニスン論の諸相

スポットライトを照射して、ヴィクトリア朝文学再評価の現今の風潮にみごと呼応する伝記的快挙を成し遂げたといってよい。本書には、鮮明な写真、肖像などが19枚収録されており、テニスンの人となりやその筆跡などを理解するうえに極めて有意義である。

　では、ヘンダソンが本書において特に力説・主張しているように思われる点について触れておこう。

　まず、詩人の幼少時代におけるサマズビーの家庭内の事情である。ハラムの『追想録』では一切触れられていない家庭内の不幸な出来事、いざこざなどについては、既述のように、孫チャールズ・テニスン卿の『アルフレッド・テニスン』なる伝記では、真実に即して相当詳細に述べられている。例えば父親の家庭内暴力がひどいのでテニスン少年は墓地に逃げ込んで死んでしまいたいと願う程だったということなど（48頁）。ヘンダソンの本書では、もっとショッキングな出来事に関する叙述がある。例えば、在学中のケンブリッヂ大学から 'disobedience' と 'impertinence' のかどで三つの学期の間、停学を命じられた長兄フレデリックと父親とのいさかいは大変なものだったようである。父親はピストルや短刀を持って、この息子を殺してしまおうと考えた程だったと述べられている（10頁）。こうした息子の不始末は一層父親をアルコールに走らせ、そして、これに溺れる結果となり、ますます暴力を働くようになったのである。詩人の母親エリザベスは、夫との別居を考えるようになったとも述べられている（10頁）。今日の医学では、この父親の病気は 'acute manic depression'（急性狂乱憂鬱症）と診断されるであろう、とも説明されている。

　このような、いってみれば、家庭内の恥さらしになるような出来

16

第2章 「仕立て直された」テニスン像

事などは、詩人の妻がまだ生存中であった頃に出版された『追想録』には、完全に削除、抹消されてしまったということも十分理解できるわけで、編者、息子ハラムの編集方針をあながち非難攻撃するわけにはいかないのである。殊に、詩人自身の生存中の強い命令で、テニスン家にとって不都合な話や出来事は一切自分の伝記には収録しないようにということだったので、孝行息子のハラムの伝記が、ますます「詩聖テニスン」の一面だけを強化したことになったのも仕方のないことである。とはいっても、ヘンダスンも主張しているように（12頁）、詩人の少年時代を余りにも暗鬱・不幸な視点からばかり把えるのは誤りであろう。これまた一つの度をすぎた反動となるおそれがあるからである。実際、父親が病気になる前などは、毎年夏になるとMablethorpeへ一家揃って旅行し、北海の壮麗な風景を楽しんだものであった。ヘンダソンはこの北海の素晴らしい景観をうたった断片詩（新発見資料）を援用して詩人がいかに海を愛したか、恐らくスウィンバーンを除いて英国詩人中、最も海を愛した詩人ではなかったろうかと主張しているのである（12-13頁）。

この他特に興味を引く論点は、詩人がその恋人エミリーとの婚約を1838年（詩人29才の時）彼女の家族に承認してもらっておきながら、2年後の1840年これを解消する破目となっていること、また、その後10年間手紙も出さず、また彼女から受け取りもしなかったことはどういう事情によるものかという問題である。これには種々複雑な事情が考えられるが、ヘンダソンはその主な理由として、第一に詩人の方に金が無かったこと、第二に詩人の方に詩作に専念したかったこと、そして他の職業につく意志が全く無かったことなどを挙げている（43頁）。そして二人の別離の苦悩を十分に反

映している 'Love and Duty' という作品を2頁にわたり援用している。'. . . And bade adieu for ever' と結句するこの苦衷を述べた別離の断章は青春の翳りを一身に帯びた青年詩人の愛の挫折感が如実に窺われる。婚約を破棄してからも実際は二度ばかり偶然に二人は出会う機会があったようだが、特に実りある語り合いには至らなかったようである。結婚の資金を調達してあげようという人もいたのだが、二人はこれも断り、侘びしい別離の10年が続いたことが述べられて、この第3章は終わるのである（44頁）。

第6章にはこうした二人がいよいよ結婚式を挙げる段取りに至るさまが描出されているが、これも極めて興味深いものがある。花婿41才、花嫁37才の挙式だがウェディング・ケーキも、ウェディング・ドレスも結局間に合わない電撃的結婚式であった。この辺の事情がいきいきと描出されていて興趣をそそられるのも本書の特徴といってよい（78頁）。

また、詩作品との関連において伝記的事実を論述している部分の一例として、第8章では『モード』論が展開される。『モード』に詠まれる種々の要素として、1、ローザとの恋、2、工場地帯の悲惨さを語るキングスレーやモーリスの話、3、戦争熱、4、父親の死、5、弟の狂気、6、事業の失敗、7、結婚を許さない窮乏生活、8、チャールズ叔父の悪意ある態度などを著者は説明しているが、これは注目に値するものである。

この他、テニスン一家とヴィクトリア女王一家との交際については、詩人の妻エミリーの日記に書かれた女王拝謁記（132-133頁）や、女王ご自身の日記に言及されるテニスン一家の描出など、両面からの文章が援用されていて興趣が深いのも本書の特徴といえよ

う。(追記――この書に関しては、1979年7月号の『英語青年』誌上に、私の「書評」が掲載されている。)

2

　1980年に、オックスフォードのClarendon Press及びFaber & Faber社から刊行されたR. B. マーチンの『テニスン――静心なき人』(*Tennyson: The Unquiet Heart*)は近年稀に見る大規模な伝記で650頁になんなんとする大型本である。今まで使用されなかった、つまり新発見の資料を相当量に活用しているばかりでなく、既に詩人の長男や孫によって用いられた資料を更に拡充し、且、批評眼をこめて利用しているのが跡づけられる。
　本書の巻末には、著者が参照した様々の資料、即ち22箇所にも存在する草稿、原稿の類、公立の図書館は勿論個人の蒐収家所有の資料などについて言及されているが、如何に広範な文献、資料を渉猟して本書を手がけているか、その努力の傾倒に一驚させられる。例えば、1981年刊行されたジャック・コルブ編『アーサー・ヘンリー・ハラム書簡集』や、1982年刊行されたC. Y. ラングとE. F. シャノン共編『テニスン書簡集』(いずれの書も本書公刊時には未出版)なども既にそれらの原稿段階で目を通す機会に恵まれ、参照していたということである。本書が、より詳細で明確な新しい伝記になっているのも当然のことであろう。
　著者マーチンは、この伝記を「読ませるもの」、つまり物語として如何に興味を維持させるべきかを念頭において論述しているように思われる。冒頭の章などにおけるテニスン家の来歴、先祖の話な

どを述べた所では、そのことが如実に窺われる。また、詩人の叔父に当たる Charles Tennyson d'Eyncourt という人物は如何にもエピソードの多い人物だが、本書でも実にいきいきとした文章で活写されているといえる。ハラム・テニスンの『追想録』では、詩人の祖父がサマズビーに居る長男（詩人の父親）を勘当処分にして、その財産を次男のチャールズに譲渡した件については触れられていない。この次男チャールズは、遺産によって擬ゴチック様式の城の如き堂々たる Bayons Manor を建築したり、また、国会議員になっては、自分の名前を Charles Tennyson d'Eyncourt と改名して、如何にもノルマン系の先祖を持った由緒ある貴族の一家であると主張したのである。孫のチャールズ・テニスン卿著の伝記ではこうしたテニスン一族の概略及びいわゆるテニスン家の「黒い血」については事実に即して述べられているが、本書ではこの Tennyson d'Eyncourt の一族については、更に新しい情報を加えて論述している。

　例えば、この叔父には情婦がいて、色々なもつれから遂には決闘事件まで引き起こす破目になったこと、また、テニスン一家に巣くっているとされる癲癇の遺伝については詩人自身も随分前半生に悩まされ苦しめられたものであったらしいことなどである。

　本書の本書たるゆえんは、例えば以上のような叙述の後に、マーチンは更に推論を展開するのである。即ち、詩人自身の中にも、このチャールズ叔父のような気質の系譜が流れているのではないか、というのである。そういえば Farringford や Aldworth における詩人の邸宅は Bayons Manor の建築の特徴と類似しているようだし、後年、詩人が爵位を授与された時 'Lord d'Eyncourt' という称号をつけようと試みたことなどを例証している。

第2章 「仕立て直された」テニスン像

　しかし、本書の著者は、このような事実に即した論述を展開する時にも、主題の正体を暴露するといった態度ではなく、むしろそれに同情を持ち、共感を抱いて接しているのが理解されるのである。

　考えてみれば、ハラム・テニスンの、あの一方的な『追想録』が展開した聖人の如き尊厳に満ちた肖像の「障害」から解放されて、本書が真実に即したありの儘の詩人像を構築するのに役立つものとして歓迎されてしかるべきである。

　孫のチャールズ・テニスン卿は、その伝記『アルフレッド・テニスン』の冒頭で「どの偉人の伝記も 50 年毎に書き改められるべきである」と述べているが、事実、1897 年出版の『追想録』から凡そ 50 年経って、自らこの詩人の伝記を刊行した勘定になる。マーチンは、このチャールズ卿の言葉からすると 20 年ほど早目になるのだが、大著という規模では第 3 番目の伝記を世に問うことになったといえる。

　では、次に、特にマーチンの伝記で注目すべき論点について触れてみよう。詩人自身の性格については、むしろ欠陥の多い人物として描出されているようである。即ち、意気消沈のひどい発作、憂鬱症、貧乏の恐怖による強迫観念、知的な限界に対する失望感、社会的優位な人たちへの盲従、その反動として、自分より目下の者たちに対する横柄な態度、エミリー・セルウッドとの結婚に関する煮え切らない態度、後半生、自分の息子を勝手に秘書役としてこき使ったこと、また、詩人の前半生の逆境時に陰に陽に詩人を支え、励ましてくれた献身的な人々を後になってなおざりに遇する傾向があったことなど——いずれも詩人を一人の人間として考えた場合、実人生においてマイナスの要因を具えた人物として、活写されているの

である。一例としてマーチンは次のように論述する。「テニスンほど首尾一貫して、しかも見事に、友情について書いたイギリス詩人はいないだろう。と同様に、テニスンほど長い期間にわたってスムーズな関係を維持するのに困難であった人物はいなかったろう」。そして、ジェイムズ・スペディングやエドワード・フィッツジェラルドのような青春時代の親友に対する、後半生の詩人の無関心ぶりを例証している。そして、『イン・メモリアム』に高揚されたアーサー・ハラムとの感動的な友情・友愛についても、もし彼が夭逝していなかったら一体その結末はどういうことになっていたろうか、とさえ論断するのである。

　伝記的な物語と批評を兼ね具えたコメンタリーという、両用の機能を目指して、バランスを取りつつ論述を展開するマーチンではあるが、概して、詩人の卓越した長所・力強さを開陳する時より、欠陥・短所を述べている時の方が一層独創的であり、興味を引くようであるといっても過言ではなかろう。欠点をこのように強調する最も著しい例として、例えば、テニスンが出版した最もまずい詩作である 'O Darling Room' という詩を全文引用し、6頁にわたって論述している事実がある。

　なるほど、この作品は 'To Christopher North' という作品と共に『1832年詩集』の中で、当時の批評界の攻撃の矢面に立たされた、いわくつきの「重要作品」ではある。マーチンは、この作品に彼独自の主張を付加しようとしているのである。つまり、テニスンの性的衝動力とか 'homosexual' な情熱の有無についての論拠にこの詩を考察の対象としているのである。

　いずれにしても、本書における局所的なタッチが如何に懐疑的な

第2章 「仕立て直された」テニスン像

ものであっても、全体として、この書は愛のこもった労作であることに間違いない。詩人や詩人を取り巻く人物たちの持つ人間的な弱さに対する共感は、その語り口に一層の迫力を与える働きをしているようである。例えば、息子を勘当させて、サマズビーの人たちに対して加えた祖父の横暴ぶりは、貧しいサマズビー一家の悩める視点からと同様、マーチンの怒りのこもった視点からも如実に窺われ、活写されているのである。

また、前にも少し触れたように Bayons Manor の、あの偏執的ともいえる大建築は、詩人の叔父チャールズの王朝的気どりの所産ではあるが、考えてみれば、これまた天才的な作品である。そして、その甥に当たる詩人自身の、これまた、堂々たる後半生の Farringford や Aldworth の大邸宅は、テニスン一族の風変わりな建築趣味を遺憾なく物語るものであろうが、こうした面のマーチンの論述ぶりは実に見事なものになっている。

次に、本書の特徴として特記したいのは、ユーモアの溢れる箇所が散在していることである。例えば、カーライル夫人に『モード』の真価を認識してもらおうと、詩人が熱狂的にこの作品を6時間もにわたって朗読したという箇所、またイタリアの将軍ガルバルディを軽喜歌劇に招待した際、この将軍が写真家の J. M. キャメロンの、写真材料で真黒になった手を勘違いして女乞食と断じた話などを実にユーモラスなタッチで描出している箇所などである。

では、最後に本書の最も独創的と思われる論点についていくつか述べてみよう。

まず、遺伝の問題である。テニスンが41才になるまで結婚を延引していたのは、テニスン家に伝わると恐れられていた黒い血、即

ち父親の癲癇をはじめ、兄弟たちに見られる憂鬱症、神経症などといった精神の病が、自分の子供に伝わるのを極度に恐れたからだとするマーチンの主張である。黒い血というのはテニスンの兄弟たちを見ても分かるのだが、長兄のフレデリックは大学で不始末を起こし停学処分になり、これが原因で父親と殺人事件を引き起こさんばかりの状態に陥ったこと、次兄のチャールズは阿片中毒患者、そして弟のアーサーはアルコール中毒患者になったこと、同じく弟のセプティマスは精神病院によくお世話になり、更に弟のエドワードは19才の時これまた精神病院に監禁され、以後死ぬまでそこに収容されていたことなどの事実を指すのである。詩人自身も大学中退後は、大勢の家族の為に精神的にも経済的にも母親と共にそれなりに努力しているのだが、間断無きヘビー・スモーキングやポート・ワインの瓶びたりというのは、やはりこれまた精神不安定の症候群となっていたのだろうと推測されるのである。

　しかし、従来の伝記的説明では、詩人がエミリー・セルウッドと長年の間、結婚を延ばしてきたのは、詩人に定職が無かったこと、そのために収入が不安定であったこと、といった二つの理由が挙げられている。例えば、チェインバー百科辞典（1973年）では「詩人に定職が無かったため正式の婚約は残酷にも延引され、阻止されたのである」と書かれている。チャールズ・テニスン卿の伝記では「エミリーの父はテニスンに定職が無いことや収入の不安定などのために次第に機嫌が悪くなり、1840年、二人の文通の継続を禁止した。そのため、それ以降約10年にわたってエミリーはテニスンと会うことも消息を聞くことも無かった」と書かれている。

　マーチンは、これらの説に対して異議を唱えている。若い二人の

第 2 章 「仕立て直された」テニスン像

交際に対して父親・セルウッド氏がどのような影響を与えたにせよ、1840 年 1 月、テニスンはエミリーに次のような別れの手紙を書き送っていることが裏づけられている。

　私は自分のために、そしておそらくあなたのために、あなたの元から去るのです……。どうして私が去ろうとしているのか、そのわけをもしあなたがご存知ならば、私があなたの元を去るべきだということこそ、あなたは希望することでしょう。

如何にも意味深長な内容の手紙であるが、マーチンは、貧困とか定職がないといったこと以上の事実にこの手紙は言及しているに違いないと主張するのである。

マーチンの説によると、この頃のテニスンは、癲癇ではないかと思われる幾つかの徴候を経験していたとのことである。そして、1840 年代の多くの期間こうした病気の治癒に傾倒していた事実を裏づけている。マーチン教授が更に注目していることは、1847 年刊の『王女』の第 3 版に挿入されている詩行に王子が強硬症か癲癇の発作で苦しんでいる箇所があることである。王子は家族から遺伝的にこうした病を引き継いでいるのである。『モード』の作品にも、主人公が狂気になったり狂気的な発作を起こす箇所がある。この父親もまたそのように描かれている。『イン・メモリアム』においても恍惚状態（trances）を描出した 95 節などは作中の白眉といわれる断章である。こうした三つの大作のいずれもが 1830 年代か 1840 年代に筆を起こされており、いずれも発作の恐怖とかそれからの回復とか、また、恍惚という特殊な精神状態に対する異常な関心ぶり

を詩材にしているのである。マーチン教授は、詩人が結婚すれば生まれるであろう自分の子供に癲癇などの精神の病の遺伝を避けようとして、結婚嫌悪症にかかっていたのではないか、と力説するのである。

マーチン教授は、この他、水治療法についても興味深く説明している。1845年、イギリスでは精神病院に自発的にかかることが違法となったので、勢い憂鬱病をはじめ精神・神経の病のある人たちは水治療法の設備を具えた施設へ赴くこととなった。'water-cure' というのは、Preissinitz という名前のオーストリア人の創案したもので、内的にも外的にも水を絶え間なく使用して、身体の組織から不純なもの、病のもとになるものを除去することを目的としたいわば民間治療法であった。

1840年代に、テニスンもこの 'water-cure' を何度か受けている。1845年早々、詩人の友人フィッツジェラルドは「もしきちんと受けておれば水治療法はテニスンにきっと奏功するだろう。しかし彼は煙草はのむし、1日にワインは1本も空ける。しかし、1年前に比べると、2倍も元気そうに見える」と書いているのである。

1848年、テニスンはマルヴァーンにあるガリー医師の病院で最後の医学的治療を受けている。ここでは全くの禁酒禁煙であったようである。ガリー医師は、テニスンの病気は遺伝性の癲癇ではなく、痛風であることを明らかにしたのである。それ以降身体の調子もよくなり、また、子供に対して癲癇の遺伝の心配もなくなった詩人は、1849年、セルウッド嬢へ求婚を再開した。彼女は中々これを受け入れなかった。(その理由については種々の異なった意見が述べられている。) が、結局1850年6月15日、二人はめでたく

第2章 「仕立て直された」テニスン像

ゴールインしたのである。

　更にマーチン教授は、テニスンが一般に考えられているよりも常に暮らし向きがよかったという点を指摘するのに多くのパラグラフを費している。従来の伝記でもよく知られているように、1845年から詩人はピール首相の力もあずかって、「王室下賜年金」というのを年額200ポンド受領していた。従って、年間500-700ポンドの収入があったことが推定されている。彼の詩歌からの印税、詩人名儀の資本金からの収入、ラッセル叔母さんからの100ポンドなどを合計すると上記の額になるのである。これは相当贅沢な支給を受けている当時の牧師の給料ほどに匹敵するものであるといわれる。しかし、テニスンは金銭的に不安定な情況の中で青春を過ごしていた。つまり精神病院経営者のアレン博士の計画する木版事業に共同出資して、なけなしの金を全部失っていたし、無能力の兄弟や未婚の妹たちを扶養する義務が何時も彼の囲りにつきまとっていたのである。従って田舎者の頑迷さに臆病の入り混じった詩人の性格としては、頭の中で想像された貧乏が現実の困窮した生活に一層貧乏感を助長したのであろうし、それだけ一層結婚への踏ん切りを躊躇させる結果となったことと想像されるのである。二人が相知りそめてから十数年後に結婚することとなった理由又は原因は以上のような点にあるとマーチン教授は力説するのである。この他、いろいろなエピソードを加えて、マーチン教授は詩人の交友関係、詩人の評判・名声の消長、女王との関係、出版者モクソンの後継者（ペイン）との関係などについても、興味ある論述を展開している。しかし、概して、マーチン教授の筆致は、公平を期すように努めているようである。詩人をからかうこともしなければ、ヴィクトリア時代

人のように、テニスンをホーマーやバイブルから出現した人物のようにみなすこともしなかった。従って、ここに描出されたテニスン像は、一人の偉大なヴィクトリア人ではなくて、ややもすれば依存心の強い、それでいて他人を無視しがちな気分屋の一人物として、あるいは経済的にも情緒的にも極めて不安定であった男性として浮かび上がってくるようである。

しかし、*TLS* の書評子は、「このマーチン氏の伝記には一つの 'dimension' が欠けている。この伝記を詩集を持たない一人の詩人の伝記と呼べば面白いようである」と述べながら、やや不満の残る口吻を表しているようである。

詩人の長男や孫などの伝記を踏まえて、更に一層充実した資料をフルに活用しながら、誰に遠慮することなく展開したマーチンの伝記も、数々の詩集を持った、そして不滅の名品、佳品を世に残した一大詩人のテニスンという人物の伝記としては、物足らなさを感じさせる伝記になっているといえなくもない。

思えば、息子のハラム・テニスンの描出したテニスン像は余りにも立派すぎた、聖人の如き、欠点のない人物像を樹立したのだった。偉大な詩人が総て人間的に立派で模範的な人生を送っているわけでないのは、今更論ずるまでもない。ポープ、フロストそしてパウンドなどの人生を見ればそのことは歴然としている。テニスンの実人生もその長い生涯に種々の出来事が起こっている。詩人の天才について余り触れず、実人生における人間的な側面を強調して書けば、全般に、本書で開陳されたような行儀の悪い、奇怪な言動のある、酒飲みの欠陥だらけの人物になってしまうようである。このような描出も勿論一つの真実を伝えているのだろうが、テニスンとい

第 2 章 「仕立て直された」テニスン像

う人となりが、総てこれだけに終始していると考えるのもあやまちであろう。

　種々のエピソードに裏付けられた、マイナス的イメージのテニスン像を樹立することで総てこと足れりと考える風潮がもしあるとすれば、これは明らかにあやまちである。一面を強調するとハラムのような伝記になろうし、また片方を強調すると、実に詩人らしからぬ詩人の、実に浅薄趣味の伝記に堕してしまう恐れもある。どちらの反動も度を過ぎると真実を歪曲することになってしまうのである。*Newsweek* なる雑誌の書評子は、この本を書評して「マーチンは可能な限りの精神的な努力を傾倒したと思われる。何故なら、もしそうでないとすれば、ライバルの学者が間もなくその傾倒ぶりを実現していたことだろう。そして、この本は少なくとも一世代、30年間続くべく意図された書物である。……」と述べている。チャールズ・テニスンは、伝記は 50 年毎に書き改められるべきであるとその著の中で述べたことは前にも触れたが、その計算に従えば、今度は 21 世紀に入って、また、新しい角度からこの偉大な詩人の本格的伝記が書かれることであろう。（追記――1981 年 6 月号の『英語青年』誌上に本書に対する私の書評が掲載されている。）

3

　1982 年、オックスフォードの Clarendon Press から刊行された『アルフレッド・テニスン卿書簡集』第 1 巻は、C. Y. ラング（Lang）と E. F. シャノン（Shannon, Jr.）の二人の編纂した画期的な書簡集で、全 3 巻で完結の予定である。この桂冠詩人の書簡・文

第1部　テニスン論の諸相

通を集大成しようとして刊行準備に何年もの歳月を費していよいよその第1巻が誕生したわけだが、万人の期待に添った立派な出来栄えとなっている。

　編者は38頁に及ぶ序文の中で、いきいきとした詩人像を構築するのに役立つ種々の伝記的背景を紹介しているだけでなく、詩人の貴重な草稿について、或いは焼き捨てられたもの、或いは幸運にも今日現存しているもの、などについて詳細な説明を施している。

　この第1巻には、約2000通の手紙類が公的、私的ソースから収集されている。詩人の家族、親族、友人、知人たちからの重要な通信も含まれている。草稿もあれば、印刷物もある。そして、本書で取り扱われる年代は、詩人が12才の1821年から、41才になる1850年迄である。この1850年という年はこの詩人にとっては文字通り「驚異の年」（annus mirabilis）であった。つまり代表作『イン・メモリアム』の出版、エミリー・セルウッドとの結婚、桂冠詩人への任命という度重なる慶事に恵まれた年であった。本書は、従って、テニスンが最も幸運に恵まれ、前途洋々たる希望に満ちて人生航路を出発し始めた年をもって終了しているわけである。

　しかし、第1巻の本書に浮かび上がるテニスン像は、概して幸福・平穏な人物像ではない。苦渋に満ちた酔っぱらいの父親、取り乱した母親、大勢の兄弟や妹たちがリンカンシャーのサマズビー牧師館に垣間見られるのである。詩人の青春時代で最も楽しかった歳月は、ケンブリッジ大での3年間で、これも父親の死で終わっている。その後の2年もアーサー・ハラムとの交遊、ハラムと妹エミリーとの婚約などで比較的幸せな月日が続いている。

　しかし、これも、1833年、ハラムがウィーンで客死することに

第2章 「仕立て直された」テニスン像

よって終止符を打っている。この親友の急死や『季刊評論』における自作への酷評などが詩人を一層意気銷沈のどん底に陥れ、アルコールに溺れたりするようである。困窮した家計は詩人や母親の細腕ではいっこう楽にならず、経済的に無能力な大勢の兄弟や妹たちがますます重荷となって詩人を苦しめる。金持ちのチャールズ叔父が一層憎らしく思われるのも当然のことであった。

詩人は1840年代前半は体調すぐれず、水治療法で加療に励んでいる。しかし、1842年の詩集（2巻）で徐々に自作の真価が世間に容認されるようになり、自ずから秀作も生まれる。そして1850年になって先述のように三つの慶事の重なる、詩人の生涯の最良の年を迎えるようになるのである。このような経緯が各種各様の厖大な書簡を通じてなまなましく赤裸々に開陳されているといえる。

詩人の手紙は、4万通のうち3万通までが焼却された、と長男ハラム・テニスンはその伝記の中で述べている。テニスンの最も重要と目される私信をはじめ、親友アーサー・ハラムや恋人エミリー・セルウッドの間に交された手紙もほとんど全部焼却されている。詩人が両親との間で交した通信は、ある程度残存しており、それらは『追想録』に収録されているのは周知のことである。詩人自身の手紙に、こうした大きな欠落がある以上編者はテニスンを巡る周辺の種々の手紙をそれだけ慎重に時間をかけて集めねばならなかった。編者のこうした努力により、詩人の友人や同時代人の目を通して、より客観的な詩人像が樹立されるのである。

編者たちは、この書簡集の重要さは人間・テニスンを表現するところにあると主張している。確かに、キーツのそれとは異なり、テニスンの書簡は必ずしも文学的なものとはいえない。呼吸をし、鼓

動を打っている生きた人間テニスンの姿——夫、父、家主、収入稼ぎ人、悩める人、そして病める人としての姿が表されている。本書の序文の言葉（28-29 頁）を借りれば、この主人公は「自己中心的で、我儘であり自分を憐む心を持つと同時に他人に寛大であり、内向的であると同時に外向的であり、感傷的で気むつかしく傷つき易いかと思えばいやに熱心に保身に専念したり、反社会的な仙人になるかと思えば社会のライオンにもなる」のである。複雑な人間の感情をその場合場合に応じて開陳すれば、以上のような性格描出となるのは誰しも必定であろうが、この主人公のそれもまさしく種々様々の様相を呈するのである。

では、本書簡集に浮かび上がるテニスン像のうち、特に興味を引くと思われる箇所を取り上げてみたい。

次男でありながらも詩人の祖父の財産を受け継いで裕福に暮らしていた Bayons Manor のチャールズ叔父一家と、長男にもかかわらず不当な勘当処分を受け、困窮に喘いだ詩人の父親サマズビー一家とは、当然のことながら折り合いが悪く、不断、緊張関係にあったことは、チャールズ・テニスン卿の伝記（1949 年）以来よく知られている。こうした関係を例証するかのように、1828 年 4 月、詩人アルフレッドが祖父に宛てた手紙は、いかにも形式ばった、冷静な、それでいて何か義務的なトーンを持った内容となっている。書きたくないのに、書かねば悪いと思いながらしたためた響きが少年アルフレッドの文章ににじみ出ているのが注目される。

　　……僕たちの今度の休暇は大変短いものですので今回もまた御地を訪れることは、残念ながら出来ないだろうと思っていま

第2章 「仕立て直された」テニスン像

す。……（22頁）

　これに対して、平素可愛がってもらっているエリザベス・ラッセル叔母さんに宛てて書いた手紙は、上記の手紙から僅か2週間後のものであるが次のようにのびのびと真情を吐露したものとなっている。

　　僕は自分の部屋で、ふくろうのように一人淋しく座っています。（僕と星との間には屋根瓦があるばかりです）……僕はHoussain王子の妖精のじゅうたんに乗っておばさんの所へ飛んで行けたらなあと願うばかりです。いや、Aboulか何かの望遠鏡があってちょっとでも覗き込むことができたらなあと願うばかりです。……

　ほとんど同じ時期に書かれているが、全くトーンの異なるこのような手紙は、少年アルフレッドが祖父に対してまた叔母に対してどのような感情を持っていたか如実に示してくれる。二つの手紙のコントラストがそれだけ強い印象を与えてくれる。後年詩人は『モード』の中で、この祖父を 'The old Man of the wolds'（森の老いぼれ）と呼んでいるのが知られている。自分の父親を虐待し、次男に財産を遺譲した祖父や、また遺産を武器に立身出世をはかったチャールズ叔父には、子供の頃からサマズビー一家は憎悪の眼で接していたのであった。

　先述のように、親友ハラムに対する書簡はほとんど全部焼却されているが、他の友人たちへの書簡は残っている。こうしたものに

第1部　テニスン論の諸相

よって、テニスンのユーモアについて我々は知ることができる。1832年3月、W. ブルックフィールドに対するもの（この友人が阿片を吸っていることを知った時の、テニスンの心配と怖れを述べたもの）、1833年2月及び1843年1月、J. スペディングに対するものなど、いかにも陽気な、殆ど作意的と思われるほど明るいトーンの手紙がテニスンのユーモアと奇妙な自己卑下の気持を如実に描出している。また、テニスンが結婚した翌日の、かつての恋人ソフィー・ローンズレー・エルムハースト宛の手紙も中々味わいのある余韻を響かしたユーモアを形成している。

　　親愛なるソフィー
　　私たちは共に大変うまくやっているようです。
　　まだ僕は彼女をぶったことはありません。

　　　　　　　　　　　　　　　　　　　　　敬具
　　　　　　　　　　　　　　　　　アルフレッド・テニスン

という文面である。一見、人をくった内容であるが、詩人の長い長い14年間の「待たされた春」の解禁の喜びが十分行間に窺われるユーモアといってよい。

　さて、本書簡集にも、チャールズ・テニスン・ダインコートをめぐる書簡は豊富に収録されている。詩人が木版画製造を計画していた時代に、詩人の妹たち——メアリー、エミリー、マチルダそしてセシリアなど——が連名して、この叔父に無心している手紙がある。彼女たちのトーンは辛辣である。

第 2 章 「仕立て直された」テニスン像

叔父さんは、私たちがもっと豊かになるべきだと思わないんですか、叔父さんが反対しているのは一体どうしてなんですか。

といったものである。しかし、この叔父は姪たちにだまされることはなく、彼女たちの母親に 9 日後になって以下のように手紙を書き送っている。

　6 か月前に金を下さいというのが普通の予告ではありますが、乞われるままに私はお金をあげました。私は、自分たちに義務だ、義務だと主張する姪たちに十分しかるべきやさしい気持を持ってはいますけど、腹を立てたような手紙を私に書くことなどは何人にも許せないのです。一人の紳士として、また、一人の親戚の者として私はひどく立腹しています。……

後に国会議員にもなったこの叔父の尊大さやひどく傷つき易いデリケートな感受性がしのばれる内容の手紙である。1835 年 9 月 1 日、この社会的に出世した人物が、自分の息子 George Hildeyard Tennyson d'Eyncourt に対して書いた手紙も、父親としての心配、また、ノルマン系貴族の名前を採用することについての説明などが窺われ、興味をそそるものといえる。

　……d'Eyncourt というのは、総て古いお役所では Y という文字で綴られています。紋章院はそれを正しい綴り方として認定しています。この発音は eight のような [ei] です。de Eyncourt は書く時は小文字の d をつけます。 the lords d'Eyncourt の家系について、また、わが家系がこれと係わりがあることなどについては間もなく、あなたに説明文を送りましょう。この名前を採用した主な理由を十分理解してもらえると思っています。……

　この横柄な叔父チャールズ・テニスン・ダインコートは詩人の生まれ育ったサマズビーのテニスン一家から、自分の一家を分離させ、そのノルマン系貴族の系譜を豪語したわけだが、この思い上がった行為は、今日、失笑を禁じ得ないものながらも、馴染みのあるエピソードとなっている。こうした手紙はその内面の襞を微妙なニュアンスで我々読者に知らせてくれるものといえよう。
　1840年代、テニスンとアレン医師の計画した木版事業が失敗した後の詩人の苦境については、最近のテニスン研究ではかなり詳述されているわけだが、この書簡集でもその前後の事情がよく窺われる。また、こうした書簡を通じてテニスンが地方における社交とか、郷士（ごうし）と称される連中の無学ぶりに対して相当な嫌悪感を示していた事実も知らされるのである。そして、また、詩人を単に物思いに沈む田舎の世捨人というイメージではなく、もっと大きな社交界とか文学界に志を燃やしている人物のイメージで把え直す必要があることを我々は痛感させられる。向上心、探究心にみなぎった一面も十分にあったのは論をまたないのである。新婚旅行の際にもテニスンは手元に本が無いといって不平を言っている始末である（332頁）。
　総じてこれらの書簡は、新刊のマーチン教授の伝記の叙述に対して、いわば豊かな付録の働きをしているといえよう。テニスンの書

第2章　「仕立て直された」テニスン像

簡集には、キーツのそれとは異なって文学性の濃いものとか、詩人の内面を表白したものは極めて少ないということは前にも述べたが、詩人自身みじくも次のような言葉を吐露している。「私の生涯について知りたいと思う人は、私の詩歌を読まなくてはいけませんよ」。実際こうした書簡集と『イン・メモリアム』や「ユリシーズ」とを並置してみてよく判ることだが、詩人の最も内面的な個人的感情はその詩作品の中に発見されるようである。こういう点も如何にもテニスン的な特徴といってよい。

では次に、実際にテニスンの作品に結晶している詩行に何らかの影響を与えていると思われる個人的な足跡を、幾つかの書簡を通じて探ってみることにしたい。

'Audley Court' という作品の中で、主人公が自分のことを〈one "in the fallow leisure of my life/ A rolling stone of here and everywhere"〉と描出しているが、これは、1830年代と40年代におけるテニスンの放浪性を考えると、如何にも切実感を帯びた表現と思われる。ほとんど物に憑かれたように詩人の放浪している様を E. フィッツジェラルドは、1848年11月、次のように報じている。

> アルフレッド・テニスンは、ほんの2日前に、兄さんとフローレンスへ出発したことになっていますのに、今日の正午、私の部屋にまた現われました。(295頁)

また、テニスンの表現中、よく知られているものの一つに 'God made Himself an awful rose of dawn' がある。これは「罪の幻想」という作品の中の詩行であるが、どうも Captain Pellow とい

う人に負うているらしいのである。この人について、テニスンは1840年2月、エミリー・セルウッドに宛てた手紙の中で語っている。

　Captain Pellow の言によれば、早朝、総てこの山々が暗闇に包まれていた時、ヒマラヤ山脈のそびえ立つ雪嶺が、まるで空高くかかっているバラ色のランプのように輝きわたり、この地球とは何の関係もないように見えたのでした。(178頁)

　この時の強烈な印象が詩材となって前掲のような名句に誕生したのであろうと推測されるのである。
　もう一つの例としては、『モード』の中のユニークな表現として知られている 'the dreadful little hollow' とか 'red-ribbed ledges' などのイメージは、1846年、大陸を旅行中にテニスンが日記の中に書いている次のような文章と何か関係があるようである。

　Righi 山に登る——眼下を見下ろせば、巨大な真赤なあばら骨の如き岩の下に、小さな洞穴、樹木の茂った岸辺そして村々が点在——天気快晴。(260頁)

　テニスンの詩作品の文学的、効果的表現が実人生における種々の出来事や体験を濾過して、生まれてくるものであるのはいうまでもない事であるが、テニスン詩に興味・関心のある者にとってはこうした書簡に窺われる詩人の生の声、生の息吹きなどは詩歌誕生の微妙な契機、或は詩心の襞といったものを理解する上に役立つもので

第2章　「仕立て直された」テニスン像

ある。この書簡集が単に人間テニスンに関する種々のアスペクトを知らせてくれるだけでなく、作品理解に際しても、そのソース研究においても、少なからず情報を提供してくれることを述べておきたい。

　最後に特記したいのは、編者たちの注釈が極めて慎重で、広範なものであり、しかもそれぞれが関連を持って叙述されていることである。例えば、テニスン家、ローンズレイ家、ラシントン家など大家族に跨る場合などに一層その感を強くする。我々はある一定の時期に、テニスンが誰と交際していたか、何を読んでいたか、また、どこに住んでいたか、などなど実に的確に、たやすく知ることが出来るようになっている。多数の文学者間の関連なども理解出来るので、一つのヴィクトリア時代の社交史としても役立つものといえる。詳細な索引は誠に価値あるものである。

　本書簡集は先年亡くなったチャールズ・テニスン卿に献呈されているが、この人の名著『アルフレッド・テニスン』を足場にして、真実の本格的な伝記的研究が開始されたことを思えば、この慶事は当を得たことであると思われる。続刊予定の、第2巻、第3巻が無事刊行されることを祈りたい。(追記――この第2巻、第3巻はその後予定どおり無事刊行が成就されており、これらについては『英語青年』平成5年新年号・特集「アルフレッド・テニスン再評価」の巻頭論文「いま、テニスン芸術をどうとらえ直すか」の拙稿の中で解説がなされている。なお、この第1巻に対する私の書評は1983年3月号の『英語青年』誌上に掲載されている。)

主要参考文献

Buckley, J. H. *Tennyson: The Growth of a Poet.* Cambridge, Mass.: Harvard University Press, 1967.

Henderson, Philip. *Tennyson: Poet and Prophet.* London: Routledge & Kegan Paul, 1978.

Lang, C. Y. & Shannon, Edgar F., Jr. *The Letters of Alfred Lord Tennyson.* Oxford: Clarendon Press, 1982.

Martin, R. B. *Tennyson: The Unquiet Heart.* Oxford: Clarendon Press, 1980.

Rader, R. W. *Tennyson's Maud: The Biographical Genesis.* Berkeley: University of California Press, 1963.

Richardson, Joanna. *The Pre-Eminent Victorian.* Westport, Conn.: Greenwood Press, 1962.

Ricks, Christopher. *Tennyson.* New York: Macmillan, 1972.

Tennyson, Charles. *Alfred Tennyson.* London: Macmillan, 1949.

Tennyson, Charles & Dyson, H. *The Tennysons: Background to Genius.* London: Macmillan, 1974.

Tennyson, Hallam. *Alfred Lord Tennyson——A Memoir by His Son* (2 vols). London: Macmillan, 1897.

Wheatcroft, Andrew. *The Tennyson Album.* London: Routledge & Kegan Paul, 1980.

第 3 章
テニスンとオーストラリア
――オーストラリア的視点からの桂冠詩人――

1 英国 Lincolnshire と Australia

　テニスンは英国リンカンシャーにある一寒村 Somersby で生まれたが、この同じ州にある 'Boston Stump' という山の麓に立派な石の記念碑が一つ立っている。これはオーストラリア連邦がリンカンシャーのボストンあるいはその周辺出身の人々の名前を讃え、記念して建てたものである。この人々はオーストラリア大陸探検の際、果敢な役割を果たした人々である。この中には Captain Cook (1728-79) と共に〈Endeavour〉号に乗りこんで航海した人々もいるが、特に George Bass（外科医）、Joseph Banks（英国学士院会長）、Joseph Gilbert（天文学者）などの名前は特筆されるべきものである。また、1974 年が生誕 200 年目に当たり、テニスン協会やリンカンシャー協会が主催してその記念祭を開催した Matthew Flinders という有名な探検家も同州の出身である。この人の甥に当たる John Franklin は Flinders と共に Captain Cook の第 2 回目の世界航海に参加し〈Investigator〉号に乗りくみ有名な航海（1801-1803）をしている。この Franklin という人の姪に当たる Emily Sellwood という女性と後年長い婚約期間を経て結婚することにな

41

るテニスンは、この大陸植民地の連邦制度にも大きな関心をもち、この大陸の偉大な政治家 Henry Parkes と友人となったのである。パークスについては別項で述べることになるが、いずれにしてもリンカンシャー出身者のこの大陸に係わる点は少なくなく、しかも極めて興味津々たるものがある。

1809年 Somersby で呱々の声を上げたテニスンは当然のことながら、1814年40歳で逝った Flinders や1820年亡くなった Banks、また1786年生れの Franklin に比べて、一、二世代若い年齢であったが、詩人はイギリスの植民地の独立、特に19世紀後半、オーストラリアやカナダの独立に対して非常に強い関心を持っていたことがまず指摘されなければならない。

テニスンは欧州大陸、中でもスペイン、ポルトガル、フランス、イタリア、ドイツなどの国々をはじめ、スカンディナビア半島の国々にも広く旅した人であるが、大西洋を横断したり、オーストラリア、ニュージーランドなどの大洋州に足を向けることはなかった。

1840年11月、テニスンの末弟 Horatio は21歳の時タスマニアの農場で働くため出発しているが、こうした兄弟の動静が詩人にこの大陸への興味、関心を助長させたことは容易に推察できることである。

テニスンにとって1850年という年は実に記念すべき重要な年であった。5月に『イン・メモリアム』を出版し、6月に前述の Emily Sellwood と結婚し、11月にはワーズワスの後をうけて桂冠詩人に任命されたのである。この1年を契機として詩人は大きな社会的名声を得ることができたし、経済的にも一層落ちつきと安定を

第3章　テニスンとオーストラリア

得ることとなった。こうした身辺をめぐる変化によって詩人の政治的関心も以前にもまして強まり、かつ実際的傾向を帯びてきたように思われる。

　丁度この頃、詩人の Coventry Patmore（1823-69）の紹介でテニスンは Thomas Woolner（1825-92）という彫刻家と知り合いになっていた。このウルナーは、後年テニスンの円額の彫刻を作ったり、いくつもの素晴しい胸像を制作した一流の彫刻家となるわけだが、この頃の彼は自分の芸術で生計を立てることができないと絶望し、イギリスの生活にみきりをつけざるをえないほどの貧困に見舞われ、オーストラリアの金鉱掘りに参加しようと、1852年出発したのだった。この計画を共に論じ合ったテニスンは「つい最近の結婚がなかったならば君に同行したいものだが……。1年経ってから1万ポンドを引っさげて元気に帰国する君を僕は待っているよ」といって別れたといわれる。[1]勿論この若き彫刻家は渡豪したものの一人では金鉱掘りに出かける気力も意欲もなく、この計画をあきらめて結局メルボルンとシドニーで彫刻の仕事を得ようと暫く時を過したのである。このような二人の関係と経緯によってテニスンが格別にこの大陸に関心を持つようになったのも、けだし当然のことであろう。

　ちなみに、このウルナーという彫刻家は1850年にテニスンの最初の円額彫刻（medallion）を制作し、1856年に半面像（profile）、1867年に四分の三頭像（three-quarters head）、そして1857年と73年に胸像（bust）をそれぞれ制作している。1857年に制作した胸像は中でも秀逸であると称揚されている。[2]尚この最初の胸像は今日 Cambridge の Trinity College の図書館に保存されているもので

43

第 1 部　テニスン論の諸相

ある。

2　桂冠詩人と Henry Parkes

　前述のウルナーはシドニー滞在中にヘンリー・パークスという人物と知り合いになり、その後暖かい交友関係を作ることになった。パークスという人物は後年この大陸の New South Wales 州（シドニーが州都）の首相に 5 度も選出され、更に 'Father of Federation' と称される大政治家となったが、一方ではテニスンの作風を濃厚に受け継いだ詩作 6 巻を上梓した。'minor poet' ながらも初期のオーストラリア詩人の一人といえよう。しかし、この頃はやっと政治家として台頭し始めようとしていた段階であった。パークスは政治家として、この大陸の連邦制度の確立、世界の大国としての出現を政治信念とし、終生努力を傾注したが、この人のテニスンとの関係もまた特筆すべきものがある。*Memoir* に集録されている書簡は勿論のこと、Lincolnshire Association と Tennyson Society 共編の資料（1974 版）も参考にしながら筆を進めたい。

　パークスは 1815 年英国 Warwickshire の Stoneleigh に生まれた。1839 年に先述の New South Wales へ移住し、ここで色々な職業につき、様々な仕事を体験した。一時は 'The Empire' という新聞社を設立し、新聞の発行に従事したが、これは 7 年間しか続かなかった。そして 1848 年以降、パークスは政治家に転向することとなった。この時弱冠 33 歳だったが、1854 年には州議会議員に初めて選出され、その後ほとんど継続的に、1891 年（76 歳）までこのポストで活躍した。この間 N.S.W. 州政府の多くの大臣のポストを経験

第 3 章　テニスンとオーストラリア

し、前後併せて 5 回も首相に選出され、首相在任期間は計 10 年の長きに及んでいる。

　先述のウルナーがパークスと知己になった頃はまだパークスはいわゆる駆け出しの政治家としての力しかなかったが、ウルナーが英国へ帰国した 1854 年には上述のようにパークスは議会議員としてシドニーを代表する人物となっていたのである。

　パークスは幼少の頃から独学で文学を学び、長じて英文学の大の愛好者となった。政治家として著名になっても、こうした文学的性向はますます強く、彼のこのような特質を語るエピソードの一つに次のようなものがある。

　1861 年夏の後半、英国からの移民促進を強化する委員会のひとりとして、パークスは議会から約 1 年間英国に派遣されたが、この訪英期間中に彼は Chelsea のカーライル一家を訪問している。テニスンとカーライルは格別の親交があったのは周知の事実だが、パークスもカーライル一家と同様の親交を発展させている。

　ある時彼はカーライルに「私のように学歴が乏しく、十分な教育の機会にも恵まれず、しかも毎日の仕事で多忙きわまる人間にとって、10 から 12 人程度の必読文学書をご推薦願えませんでしょうか」と願い出たのである。次回、パークスがカーライル家を訪問したとき、カーライル老人が彼に手渡した 1 枚の紙きれには次のような作家と作品名が並んでいたということである。[3] Pope's works, Swift's works, Lord Hailes: *Annals of Scotland*, Camden: *Britannia* or *Helms Kringla* or *History of the Norwegian Kings*, Anson: *Voyage*, Goldsmith: *Vicar of Wakefield*, Smollett: *Humphry Clinker*, Richardson's works, Fielding's works などである。そして、もしお

第1部　テニスン論の諸相

好きならば、といって、*Arabian Nights Tales*, *Don Quixote*, Franklin's *Round*（これはパークスが自らの手で出版した本）などもあげている。以上の推薦書のリストを見てみると、カーライルのパークスに対する細やかな友情とパークスの英文学研究の意気込みが偲ばれるが、同時に当代の英国民のいわゆる「必読推薦図書」なるものの一端が窺えるのである。

1881年から82年春にかけて、パークスは首相として在職中に米国経由で英国を再訪している。Gladstone首相をはじめ多くの名士と会っているが、このときワイト島のFarringfordにテニスンを親しく訪問し、4日間詩人の邸宅に滞在、親交を深めている。彼にとってこの時ほど楽しく有意義な時はなかったらしく、この時の模様をパークス自身次のように生き生きと描出している。

  On May 5 I left London with Mr. Woolner and my daughter for the Isle of Wight, to visit the great poet at Farringford. Mr. Hallam Tennyson met us with the carriage at Freshwater, and the poet received us at the door of his beautiful home. We arrived only in time for dinner and after we retired early to rest. On the following day we had long chats full of anecdotical and critical interest. The Poet, his son Hallam, my daughter, Woolner and I had tea on the lawn, among the laurels. After dinner Tennyson read 'The Northern Farmer'.

  On the 7th, after breakfast, we walked over the hilly down to the Beacon, about 700 feet above the sea, returning in time for luncheon; in the afternoon we strolled down to the beach.

第 3 章　テニスンとオーストラリア

　After dinner the great Poet read 'The Ode on the Death of Wellington' which brought out with much effect the sympathetic force and emotional inflections of his voice. The lines 'Where shall we lay the man whom we deplore?/Here, in streaming London's central roar,' were rendered with a fine enquiring fervour and a tremulous pause. Then pealed out:──── 'Let the sound of those he wrought for…' And again in tender and solemn apostrophic strain:──── 'O, good grey head which all men knew;…' And with the breath of heroism in every syllable the oft repeated

　'Not once or twice in our rough island-story,
　　The path of duty was the way to glory,'
We talked much about Australia…[4]

　この訪問は詩人自身にとっても大変楽しかったらしく、孫の Charles Tennyson のその伝記 *Alfred Tennyson* (p.463) の中で "…he had the great pleasure of entertaining at Farringford Sir Henry Parkes,…" と言及している。

　パークスの「テニスン会見記」の中で「我々はオーストラリアについて大いに語り合った」としか書かれていないが、かねがねこの大陸の独立そして連邦制度なるものに大きな関心を示していた詩人と政界の重鎮パークスとの二人にしてみれば白熱した長時間の議論であったことが推測される。またテニスンは、来客を自邸に迎えると乞われるままに自作の詩をよく朗読したといわれるが、この時の朗読もパークスの言葉をかりれば、まさに「その声には共感を呼ぶ

47

第1部　テニスン論の諸相

追力と万感こもごもの響きがたゆたい」効果満点であったことが窺われる。

　この年から2年後の1883年にもパークスは英国を訪れているが、この訪英は政治的な仕事のためよりもむしろ文学界の歴々との会見を目的としたもののようであった。先述の、今は著名な彫刻家ウルナーをはじめ、R. ブラウニング、B. ジョウエット、T. H. ハックスレー、W. E. レッキー、R. オーウェンといった面々に会見しているが、日頃私淑するテニスンには何日間もテニスン家に滞在し旧情を温めている。しかし今回はFarringfordではなくAldworthの邸宅であった。

　同年6月21日にパークスは、パリーからテニスンにあてて次のような手紙を送っている。この原本は今日英国リンカン市のテニスン研究所に保存されているものである。[5]

My dear Mr. Tennyson,

　The future of Australia in which you take so deep an interest will in a few short years surprise the world. The Federation in some form or other, of the now-existing colonies will come by natural processes. There is no real abiding principle of conflict between them. No institution of slaves for example as in America. No deep-rooted difference of race as in Canada, and S. Africa. The differences of natural character which will develop themselves as time goes on will be differences caused by climate and different pursuits naturally arising out of the differences of climate. I can see no reason

第3章　テニスンとオーストラリア

why these should engender national antagonisms, though there may be dangers from the employment of coloured races in Tropical industries, such as sugar growing, etc.

I wish you and I could live through the next generation. What a marvellous front Australia will show to the world, say in 1910, and what changes will have taken place in Europe!

With deep respect,

Yours very sincerely,

Henry Parkes

この文面には、この大陸の各植民地が連合し、連邦結成にふみきるのは時間の問題であろう、またかねてから詩人が希望していた「連邦出現」はスムーズに展開されるであろう、なぜなら、アメリカにおける奴隷制度、カナダにおける異民族間の軋轢といった障害はこの大陸には存在しないからであると政治家パークスは予言している。もっとも、有色人種の雇用問題について多少の危惧を示している所などは、我々日本人にとっていわゆる「白豪主義」の原型を見る思いがして興味をそそられる。1887年8月6日、パークスはテニスンの誕生日を祝して次のような電報を送っている。政治家としてのパークスがテニスンという詩人の生き方に、人間的にいかに共鳴していたか、また詩人の存在が自己の希望と夢の象徴でさえあったということなどが窺える1節である。

What a daylight influence has spread from your gracious life over the whole image of human life and aspirations... we

第 1 部　テニスン論の諸相

> Australians are making history at a pace which will develop soon into a canter.

そして翌年、1888 年 8 月 6 日、詩人の 80 回の誕生日に、パークスはまた以下のように書き送っている。[6]

> I have toiled with a truer purpose and have given to my object a nobler character in consequence of my limited intercourse with you and Lady Tennyson and your gifted son.

これに対してテニスンは、9 月に Aldworth から次のような返礼を書いている。[7]

> My dear Sir Henry,
> I rejoice in your speech and your letter and your remembrance of me. I have received innumerable congratulations on my eightieth birthday in the shape of telegrams, letters and poems but none are more valued by me than your greeting from the Antipodes. I was obliged to advertise in the *Times* that I could not answer all my friends known and unknown, except thro' the medium of the newspaper, and indeed my doctor had told me that I was not to write letters for the present, for perhaps you are not aware that I have had nine months of rheumatic gout, which he said would have made an end of most men at my age, but I answer you however

第3章　テニスンとオーストラリア

briefly, to show you that I have not forgotten your visit to me, and that I am

Always yours,

Tennyson.

「遙か南半球の地よりご挨拶をいただき、これにまさる喜びはございません」と感激したテニスンは、絶対安静の医者の忠言を無視してまでパークスに感謝の手紙を送っている。オーストラリアを代表する首相に英国の当時ときめく大詩人がいかに親愛の情と敬愛をこめて筆をしたためているかが手にとるように理解できるのである。

この年にパークスは *Fragmentary Thoughts* というタイトルの詩集を公刊しているが、これはテニスンに献呈されている。この内容については後述するとして、いやしくも一国の首相が在任中に詩集を公刊するというのは、世界的にみても希有なことであろう。この献呈の辞こそテニスンとパークスとの暖かい人間的な交友関係、人生指標としてのテニスンの存在などを十二分に物語るものである。

Permit me to dedicate this volume to you in remembrance of golden hours of life spent with you in various ways. Our happy walks together, in the groves and over the downs in the neighbourhood of Farringford, and through the bowery lanes and across the green fields around Aldworth; the rare enjoyment vouchsafed to me when, under your honoured roof, I have listened to your reading of your immortal poems;

the delicate kindness extended to me by the gracious lady who for so many years has made the spiritual sunshine of your illustrious life—all remain to me as memories whose beauty can never die.

1890年1月、テニスンは Farringford から次のような返事を送っている。ここでは、パークスがテニスンという大詩人の前では 'minor poet' としての存在しかないかもしれないが、とにかく、政治家としての 'civic wreath' と詩神の 'laurels' とを可成りうまく織りなしていることが理解される。この中の 'not unsuccessfully' という句はいかにもテニスンらしい言葉であろう。

 My dear Sir Henry,
 I send you from over the convex of our little world which you are doing your best to make better, my choicest thanks for your volume of poems and your kind and affectionate dedication, and moreover congratulate you that you have, not unsuccessfully, interwoven the laurel of the muses with the civic wreath which you wear as a statesman.
          Yours always Tennyson
 My wife and son desire their kindest remembrance and we all hope to see you the first premier of the Australian Dominion.[8]

1889年早々、パークスは N. S. W. 州の首相に5度目の選出をさ

第 3 章　テニスンとオーストラリア

れている。これによって彼は各植民地間の連合、つまり連邦制度の発足にまた一段と尽力することになるわけである。ところが不運にもこうした政治活動は僅か1年で挫折を招くことになった。彼が足を折るという大怪我をひきおこし、何週間も病床に臥さねばならなくなったからである。かててくわえて、この年は N. S. W. 州で大規模のストライキの起った年であり、首相としての政治責任を大きく問われた苦衷は察するに余りあるものがあった。テニスンは彼に以下のような同情と激励の手紙を送っている。このときのテニスンへの手紙は現存していないが、テニスンがパークスに書いた次の返事は *Memoir* II に収録されている。[9]

My dear Sir Henry,

Against my wont I must thank you for your most kind letter, I fear that it was written in pain and depression, for yours seems to have been a most serious accident, and coming as it did in the midst of such important work, you required a strong faith to believe that all was notwithstanding well. You will be sure that we have watched the telegrams respecting you with sincere interest, and have rejoiced that the last have been encouraging regarding your health—you have indeed needed a renewal of health to face the new danger of your great strikes, you Australians appear to have met the monster bravely. Is there no hope of arbitration by mixed tribunals, governments having first shown a bold front against any attempts at illegal intimidation?

第1部　テニスン論の諸相

　　　　Many thanks for the promise of your book. We are, as you say, greatly interested in all that relates to the welfare of the Empire.

　　　　　　　　　　　　　　　　　　Yours ever sincerely,

　　　　　　　　　　　　　　　　　　　　　　Tennyson

　この文末の「貴殿の本のお約束」というのは、パークスの著書 *Fifty Years in the Making of Australian History*（London, Longmans and Co., 1892, 2 vols.）のことであり、テニスンはこの政治家・詩人の2冊本の刊行を鶴首しているのである。

　1892年8月になってパークスは Aldworth の桂冠詩人に誕生日のお歓びを贈っている。これは、この大陸産の純金にはめこんだ、同じくこの大陸産のオパールの贈物である。詩人は8月13日、早速お礼の手紙を書き送っている。[10]

　　　　My dear Sir Henry,

　　　　I have received your Australian opals which, as symbols of your kindly recollection of myself are and will be to me more precious than ten times their weight in diamonds.

　　　　I have entered my 84th year. I have entirely lost, as far as reading is concerned, the use of my right eye, and I fear that the left is going in the same way, but I trust that my sight will last me till your *Fifty Years in the Making of Australian History* is published.

　　　　　　　　　　　　　　　　　Believe me yours ever

第 3 章　テニスンとオーストラリア

Tennyson

　84 歳のテニスンは今や右の目に不自由を感じていたが、この素晴しい贈物を同じ重さのダイヤモンドを 10 倍にしたその値よりも貴重なものだといって大喜びした。しかし、この手紙を書き送った 8 月から、およそ 2 か月経った 10 月 6 日、テニスンは遂に不帰の客となった。そして一読を待望していたパークスの著作も遂に見ることはなかった。彼の 2 冊本が上梓されたのは、1892 年も終わろうとしていたときであった。そしてまた、これから 4 年後の 1896 年 4 月 27 日にパークスも桂冠詩人の後に続いてこの世を去っている。「連邦の父」と称されるパークスは自国が連邦になるのを見届けることなく他界したのである。英国議会が連邦の誕生を宣言したのは、残念ながら、彼の死後 4 年経った 1900 年 7 月のことだった。

　いずれにしても、テニスンとパークスの交友は、一国を代表する桂冠詩人とこれまた一国を代表する政治家・首相との間の単なる儀礼的、形式的な交際ではなくて、文学を、そして詩歌を愛する心と心の暖かい触れ合いに支えられた交わりであったことがわかる。

　パークスは 1842 年 27 歳のときに最初の詩集 *Stolen Moments* を出版して以来、57 年に *Murmurs of the Stream*、70 年に *Studies in Rhyme*、85 年に *The Beauteous Terrorist and Other Poems*、89 年に *Fragmentary Thoughts*、そして他界する前年 1895 年に最後の詩集 *Sonnets and Other Verses* を出版している。もともと自分は詩人であるというような思い上った自意識はなく、またそれを主張するようなところもなかった。だから本格的な批評に耐える詩をめざ

第1部　テニスン論の諸相

して日夜彫琢錬磨したわけでもなかったであろう。しかしそれにしても、激職の総理大臣をはじめ内閣の要職を歴任しながら、詩集を6冊も刊行している熱意と努力は注目に値する。一般に政治家としての彼の存在が顕著であり、詩人としてはいわゆるディレッタント的な存在とみられているが、中にはオーストラリア詞華集に収録されている名詩編も存在している。終始テニスンに私淑し、かつ詩人の作品を熟読していた影響もあって全体に 'Tennysonian ring' をひびかせているのは当然といえようが、いわゆる素人ばなれの力作がどの詩集にも点在しているのも事実である。ことに、後半生に上梓され、テニスンに献呈された *Fragmentary Thoughts* や詩人の長男ハラム・テニスンに献呈された *Sonnets and Other Verses* には、しみじみとした情感をまとまった響きの言葉で素直に描出している作品が含まれている。以下は上記2詩集から、彼の本領を発揮していると思われる作品を一つずつ選び、訳詩を施した。いわば 'Tennysonian Disciple' の 'Kangaroo Land' での今ひとたびの開花といってよかろうか。

'Seventy'

"Three score and ten—the weight of years
Scarce seems to touch the tireless brain;
How bright the future still appears,
How dim the past of toil and pain!

"In that fair time when all was new,
Who thought of three score years and ten?

第 3 章　テニスンとオーストラリア

Of those who shared the race, how few
Are numbered now with living men!

"Some fell upon the right, and some
Upon the left, as year by year
The chain kept lengthening nearer home—
Yet home even now may not be near.

"But yesterday I chanced to meet
A man whose years were ninety-three,
He walked along the crowded street—
His eye was bright, his step was free.

"And well I knew a worthy who,
Dying in harness, as men say,
Had lived a hundred years and two,
Not halting on his toilsome way.

"How much of action undersigned,
Will modify tomorrow's plan.
The gleams of foresight leave us blind
When we the far off path would scan.

"What task of glorious toil for good,
What service, what achievement high,

May nerve the will, refine the blood,
Who knows, ere strikes the hour to die.

"The next decade of time and fate,
The mighty changes manifold,
The grander growth of Rule and State;
Perchance these eyes may yet behold;

"But be it late or be it soon,
If striving hard we give our best,
Why need we sigh for other boon—
Our title will be good for rest."

古希

齢今や古希―されど過ぎし歳月の重みも
疲れしらぬ魂にはそれとさえ覚えられず
今なお未来の輝きは燦然とし
過ぎし日の労苦おぼろに思わるる。

世の中すべて新しく、晴れた時代に
何人ぞ思いけむ　己が古希の齢を。
相たずさえて人の世歩み始めし者のうち
今に生きる人のいかに少なきか。

ある者右に倒れまたある者は

左に倒る。年々歳々安住の地求めて
近づくに　いよよ遠のき行きて──
今だしもわが安息の地に近づくをえず。

されど昨日わが会いし　一人の古老
すでに齢93にして
なお雑踏の中に踏み行きぬ──
爛々とまなこ輝き　その足どり軽やかに。

わがよく知る　また一人の御仁こそ
働きつつ生命を終えし人なり。
この人ぞ　げに百年と二年を生き抜き
苦しみ多き道に停まることなかりき。

思いもあらぬ出来事　多々起こりて
明日への計画のいかに定まらざることよ。
遙かなる行く末　凝視するとき
視界のまぶしきにわが目めしいとなる。

善をなさんと努力する栄ある苦闘も
奉仕の心掛けも　また高邁な業績も
いかに意志を強化し　血潮を浄化することか──
そは知る人ぞなし　死ぬべき時刻の打つまでは。

来たるべき10年の歳月と運命

第1部　テニスン論の諸相

　　多岐にわたる大いなる変革
　　「統治」と「国家」の更なる発展
　　おそらくはわがまなこにて見ることを得ん。

　　されど遅きにせよ早きにせよ
　　刻苦勉励　わが最善を尽くせば
　　なにゆえに他の恩恵を乞う要あらんや─
　　われらが人間の名は安息に値せんものを。

　以上の詩は *Fragmentary Thoughts* の中の1編である。この詩集は1889年12月、シドニーで出版された210頁ほどの詩集で上記の詩のほかに72の短詩、ソネット10編を収録している。'Seventy' という詩は彼が70歳になった自分自身のポートレイトを試みた詩であり、この詩想は勇壮な冒険心にとんだ老将を描いたテニスンの「ユリシーズ」のそれと類似している。勿論、後者のもつあの 'grand style' には及ばないとしても全体の詩的雰囲気には何か共通した点があるように思われる。考えてみれば、70歳のパークスこそ「ユリシーズ」の気概をもっとも熱望した人物であったといえよう。
　パークスの最終詩集 *Sonnets and Other Verses* は1895年中葉に上梓され、ハラム・テニスンに献呈されているが、これにはソネット31編、短詩7編が収められている。この巻末には 'Weary' と題する五つのスタンザの詩がある。テニスンの詩集の巻末には、生前の本人の希望もあって必ず 'Crossing the Bar'（砂洲を越えて）を置いているが、パークスのこの詩も、一生を多忙と波乱の連続に生

き、文字どおり貧困に生まれ貧困のうちに逝った一人物の、心の底からの人生咏嘆として、一つの象徴的な存在の詩といってよく、彼の全詩集の最終に位置するにふさわしい断章である。

     'Weary'

"Weary of the ceaseless war
  Beating down the baffled soul,—
Thoughts that like a scimitar
  Smite us fainting at the goal.

"Weary of the joys that pain—
  Dead Sea fruits whose ashes fall,
Drying up the summer's rain—
  Charnel dust in cups of gall!

"Weary of the hopes that fail,
  Leading from the narrow way,
Tempting strength to actions frail—
  Hand to err, and foot to stray.

"Weary of the battling throng,
  False and true in mingled fight;
Weary of the wail of wrong,
  And the yearning for the night!

第 1 部　テニスン論の諸相

"Weary, weary, weary heart!
　　Lacerated, crush'd and dumb;
None to know thee as thou art!
　　When will rest unbroken come?"

倦み厭きて

止むことなき戦いに倦み厭きぬ
困惑せる魂を打ちのめし―
三日月刀のごとく我々を打ち砕き
終局にて　気を失わせる遠謀にも。

苦しみ伴う歓びにも倦き厭きぬ―
灰の舞い散る「死海」の所産は
夏の雨を干上がらせる―そはまた
苦盃に味わう納骨堂のちりのごとし。

実現を見ぬ希望にも倦み厭きぬ
頭(かしら)に立ちて窮地より導き
力をしぼりはかなき営みに謹むのにも―
手を誤まらせ　足を迷わす誘惑にも。

戦い止めぬ群生(ぐんじょう)にも倦み厭きぬ
入り乱れる闘いには　嘘偽(うそ)も真実(まこと)もあろう。
損傷のもたらす嘆きにも　はや倦み厭きぬ
そしてわが恋うるは　ただ夜の休息！

第 3 章　テニスンとオーストラリア

倦み厭き　厭きて　疲れし心よ！
引き裂かれ　押し潰され　いうべき言葉もなくて。
わが心のまことの姿　知る人とて無し！
いつの日ぞ　長き休息の　われに至らんや？

　この人の伝記をみても明らかなことなのだが、パークスは死ぬ間際まで妥協することをほとんど知らず、むしろ頑迷とさえ思えるほどの一徹さで一生を貫き通した。そして困難山積の初期豪州政界に重要な役割を演じ続けてきた。自分の職場である政界に、そして政争に今や倦み疲れて心の底から夜の静かな安らぎ、そして誰にも邪魔されない休息がやってくることを念願している。
　各スタンザの始めに、すべて 'weary' という語を配置し、それなりに詩的情感を盛り上げている。最終連の 'weary' の 3 回の繰り返しも少々大仰なひびきを与えないでもないが、次行の烈しい 'Lacerated, crush'd and dumb' という言葉とバランスはとれていて、全体としては一つの成功した抒情詩であろう。ただ、第 2 連の 'Dead sea fruits' の箇所は意味が曖昧である。つまり、biblical な見地から 'salt' をさすとも考えられるし、また一般的に 'drought' をさすのではないかとも思われる。また、はじめ一読して例の有名な 'scrolls' のことかと思ったが、これが発見されたのは 1940 年代のことであり、無論ここでは問題外である。いずれにしても、はっきりした意味を断定できないが、「死海」「散る灰」「夏の雨」「乾燥」という言葉のイメージは「苦い盃」「納骨堂の遺体—ほこり、ちり」というイメージと重なり合ってくる。そしてこれが結局は苦しみを伴うこの世の歓喜のイメージといえようか。このように考え

第1部　テニスン論の諸相

てくると一つの象徴詩風の断章とも思えてくるのだが……。

　テニスンの初期詩の白眉といわれている 'Mariana' の中に 'I am aweary, aweary,/ I would that I were dead!' という表現がある。この詩は愛する人のやって来ぬ侘しい物憂い、ロマンティックな情感を表出した詩であって、人生につかれた70歳のパークスの物憂さとは勿論同質のものではないが、一読して筆致の類似を想起させる。テニスンは7連（84行）ばかりのこの詩に7回も効果的に上記詩行を繰り返しているが、パークスの 'weary' のこうした畳みかけも 'Tennysonian ring' の一つの表われと考えられるのではなかろうか。また、ここに引用した2編を読み、前者はテニスンの「ユリシーズ」、後者は「ロータス・イーターズ」を想起させる。「疲れ知らぬ魂の、雄々しく前進する人生の歌」がパークスの 'Seventy' とすれば、これはまたユリシーズ自身の心情そのものであり、逆に「労苦には倦み厭きて今や休息と無為の生活こそ望ましい」と歌う Lotos-Eaters の心情は、これまたパークスの 'Weary' に相通ずる心持ちではなかろうか。桂冠詩人に私淑し、人生の指標とさえ仰ぎ、その詩を愛読したパークスにしてみれば、自分の詩作にどことなくテニスンの揺曳を漂わせているというのも別に不思議ではないといえよう。

　（本稿は筆者が1976年2月から約1年間、国立キャンベラ大学客員講師として在豪中にまとめたものである。詩人の長男 Hallam Tennyson は詩人の伝記本 *Memoir*（全2巻）の筆者としても著名であるが、South Australia（Adelaide が州都）の知事（Governor）やこの国の連邦総督（Federal Governor General）として活躍して

第3章　テニスンとオーストラリア

1976年2月から1年間、在豪中にキャンベラの友人・知人らと撮る。
後側は著者の家族。

いたことは意外な事実で、中々興味深い事項であった。しかし紙面の都合でこの項は割愛せざるをえない。本稿作成にあたってはCharles Tennyson編 *Tennyson Society Occasional Papers* No.2 に負う所大であった。特に記して感謝の意を表したい。）

第1部　テニスン論の諸相

主要参考文献

1. Parkes, Henry. *Fifty Years in the Making of Australian History.* London, Longmans and Co., 1892 (One Volume Edition)
2. 〃　　　*Stolen Moments; A Short Series of Poems.* Sydney, 1842.
3. 〃　　　*Murmurs of the Stream.* Sydney, 1857.
4. 〃　　　*Studies in Rhyme.* Sydney, 1870.
5. 〃　　　*The Beauteous Terrorist and Other Poems: by a Wanderer.* Melbourne, 1885.
6. 〃　　　*Fragmentary Thoughts.* Sydney, 1889.
7. 〃　　　*Sonnets; and Other Verse.* London, 1895.
8. Tennyson, Hallam. *Alfred Lord Tennyson: A Memoir by His Son.* 2 Vols, London & New York, 1897.
9. 〃　　, ed. *Tennyson and His Friends.* London, 1911.
10. Tennyson, Charles. *Alfred Tennyson.* London and New York, 1949.
11. Tennyson, Charles and Dyson, Hope. *Tennyson Society Occasional Paper:* No.2, Lincoln, England, 1974.
12. Serle, Percival. *Dictionary of Australian Biography.* Angus & Robertson, Sydney & London, 1949.

第3章 テニスンとオーストラリア

Abstract

Tennyson and Australia

—The Poet Laureate from an Australian Standpoint—

Yoshimi Nishimae

This paper discusses the relationship between 'Tennyson and Australia' from an Australian standpoint.

The first chapter traces the connections between Lincolnshire, England and Australia. A fine memorial in stone at the base of 'Boston Stump' in Lincolnshire commemorates the names of men from Boston and neighbourhood who played so gallant a part in the exploration of Australia—among them are George Bass (surgeon), Sir Joseph Banks (botanist and President of the Royal Society), Joseph Gilbert (astronomer), Matthew Flinders and John Franklin (both famous explorers), etc. Tennyson himself, who was born in this Lincolnshire, had also a close relation with Australia, especially through his companionship with Thomas Woolner, who later had become a great sculptor in England. Here in this chapter the present writer mainly discusses how much the people from Lincolnshire had to do with the Continent of Australia.

The second chapter examines the correlation between the Poet Laureate and Henry Parkes. Parkes was a great statesman who

第 1 部　テニスン論の諸相

five times became Premier of New South Wales (the greatest of the former Australian colonies) and was called the 'Father of Australian Federation'. This statesman was also a poet who had published (composed) six volumes of poems with Tennysonian ring. In this chapter the present writer discusses the following points positively through newly discovered research materials: 1) the close connection this statesman had with Tennyson not only as a private man but also as a public one; 2) characteristics of Henry Parkes as a poet; and 3) similarities between Parkes' poetry and that of Tennyson.

注

1)　Charles Tennyson: *Alfred Tennyson,* p.266.

2)　Hallam Tennyson: *Memoir* Ⅱ, p.431.

3)　Henry Parkes: *Fifty Years in the Making of Australian History,* p.139. (One volume edition)

4)　Henty Parkes: *op.cit.,* pp.378-9.

5)　*Tennyson Society Occasional Papers*（以下 *T.S.O.P.* と略）: No.2, p.9.

6)　*T.S.O.P.* No.2, p.11.

7)　Hallam Tennyson, *op.cit.,* p.361.

8)　*T.S.O.P.* No.2., p.12.

9)　Hallam Tennyson: *op.cit.,* p.382.

10)　Hallam Tennyson: *op.cit.,* pp.416-7.

第4章
イギリス文学にみるギリシア神話

　ヨーロッパ文化の基礎をなすものにキリスト教とならんで、古代ギリシア文化がある。文学、音楽、絵画にもこの二つが深く関係しており、これらの知識なくしてはヨーロッパ文化を十分に理解することはできない。そしてこのギリシア文化については、ギリシア神話を抜きにして語ることは不可能である。

　われわれの周囲を見渡しても、その生活や文明の中にギリシア神話が深く入りこんでいる。われわれは無意識にうちにも古代ギリシアゆかりの言葉を用いている。「デモクラシー」「ロジック」「シンポジウム」「スパルタ式」「アカデミー」などなどである。神々の名前は元素記号としても「ヘリウム」「ウラン」などといったように日常の頻用語となっている。特に神話に登場するキャラクターの中でも特になじみ深いものは「エコー」「ヒヤシンス」「ペガサス」「キューピッド」「アキレス」「ヨーロッパ」「ミューズ」などがある。

　ここでは、こうしたギリシア神話がイギリス文学の詩歌にどのような影響・残響を与え、すばらしい開花を成就しているか実例を挙げ展望してみたい。ここでは特に19世紀のイギリス詩人を取り上げよう。

　まず、シェリーという詩人の詩劇である。『縛(いまし)めを解かれたプロ

メテウス』という長編物（ギリシア神話のプロメテウス伝説その他をもとにギリシア劇に近い形式を用いている）である。全体で4幕から成り、第1幕では暴君のジュピターのせいで、人類の愛護者プロメテウスが荒涼としたコーカサスの断崖の岩に鎖で繋がれている。が、彼はジュピターが遣わしたマーキュリーらの威嚇や誘惑などに平然と立ち向かい、人類に対する希望を失わない。第2幕では、愛の化身アジアと、宇宙の根源の力を象徴するデモゴルゴンとが活動を開始する。第3幕では遂にデモゴルゴンのためにジュピターは没落し、プロメテウスは強力なヘラクレスによって縛めを解かれ、自由と愛に満ちた新世界が始まるのである。そして最終幕では、時間の精と人間の心の精とがよろこびを歌い、月と地球が唱和する。そして最後にデモゴルゴンが歓喜に満ちた万物の精を荘重な態度で祝福する。なんと気宇壮大なスケールの物語であろうか。

　圧制の権力に反抗し、人類の解放のために果敢に戦い、暴力ではなく愛によってそれを成就するプロメテウスの姿が、荘重な無韻詩という詩形を主に用いて活写されるのである。「愛の詩人」と称揚されるシェリーの面目躍如たる雄篇といってよい。

　次に、26歳で夭逝するも、あのシェイクスピアとも並べて論じられる天才詩人キーツの物語詩『エンディミオン』を見てみよう。月の女神に象徴される理想美を追求しながら、牧羊者エンディミオンが、地の中、海の底、そして空の上までも彷徨した物語である。美青年の彼はラトモス山の羊飼いであったが、月の女神に愛され、夜毎訪れてくる女神によってその眠りを永久に覚めぬものにされたそうである。また一説によれば、彼は主神ゼウスから永遠の青春と眠りを授けられたともいわれている。

第4章　イギリス文学にみるギリシア神話

　この 4,000 行に及ぶ長編詩の冒頭が、あの有名な「美しきものは永遠によろこびである」という周知の 1 行である。この作品は、古代の神話の単なる再話というよりは、むしろキーツによる新たな神話の創造とも言える。ここには主題の神話のほかに様々な他のギリシア神話のモチーフが取り入れられ、話の筋も複雑に入り組んでいる。紙数の都合でそれを詳述できないが、一言にしていえば、ここには愛というテーマが貫き流れ、物語のなかの一切のモチーフがエンディミオンの「愛の成長」の過程として解釈されるように思われる。

　次は、ヴィクトリア朝期の代表的詩人であり、桂冠詩人であったテニスンの「イノーニー」という詩篇を見てみる。イノーニーは英語読みであるが、普通、オイノーネとも読まれる。ここには、彼女を中心として、パリス、ヘラ、パラス、アフロディテ、キャサンドラなどの名前が出てくる。

　イノーニーは、河の神の娘であったが、トロイ王の王子であるパリスの愛妻となる。しかしスパルタ王の愛妻だったヘレン、そう、絶世の美女と謳われたそのヘレンをパリスはスパルタから連れ帰るという次第になる。これには、次のような複雑な事情がある。マーミドンの王と海の精との結婚に際して、その祝宴に多くの神々が招待され、種々のプレゼントが持ち込まれる。が、エリスという戦争の女神はひとり招待されない。腹を立てたエリスは、祝宴のテーブルに黄金の林檎——それも果皮に「もっとも美しいひとのために」と彫りこんだ林檎——を投げ込む。ここで 3 人の女神たちは、その林檎は当然私のもの、と主張し、争奪舌戦を繰り広げる。そこで主神ゼウスは、ヘルメスに命じてその 3 人の女神たちを審判役のパリ

第1部　テニスン論の諸相

スの面前に衣装を脱いで登場させる。ヘラはパリスに巨大な富とアジアの支配権を、パラスは栄光と名声の生活を、そしてアフロディテはこの世の最高の美女を妻に贈る、という約束をする。パリスは最後の申し出に心動かされ、その林檎を最後の女神に与えることになる。かくてパリスは最高の美女ヘレンをスパルタからトロイに連れ帰るという次第になる。この結果、ヘレン奪還を巡り、ギリシアの王侯が一斉に立ち上がり、かくしてあのトロイ戦争が起こるということになる。

　テニスンのこの詩篇には、しかしながら、主としてパリスに見放されたイノーニーの哀切きわまりない悲嘆と絶望が前面に浮き立っていて、その合間に3人の女神の、パリスへの賄賂めいた報酬などの描写が展開され、それが詩篇の眼目となっている。

　愛するパリスから見放されたイノーニーの悲嘆と絶望のうたと読むと、これはまさに「叙事に託して女の真情を吐露した抒情詩」と言えるのではなかろうか。

　イギリスの詩人たちが、ギリシア神話を題材にして各人各様の味読すべき詩篇を誕生させているのが理解されるのである。

第2部
書評をめぐって

第1章

『テニスンの詩想──ヴィクトリア朝期・時代代弁者としての詩人論』*

概要

　本書は、サブタイトルにあるように、ヴィクトリア朝期・時代代弁者としての詩人論として、テニスンの長い生涯にわたる数々の詩作のうちから、代表作品と目されるものを取り上げ、この詩人の人と作品の神髄に迫ろうとするものである。

　第1部、第2部では初期詩の世界、第3部では中期詩の傑作であるばかりでなく、テニスンの最高傑作といわれている『イン・メモリアム』の世界、第4部では今日的な意義が高く評価されている『モード』の世界、そして最終部、第5部では詩人が半世紀を費やして苦吟した一大叙事詩『国王牧歌』の世界を、それぞれ究明・分析し、時代代弁者と謳われたこの桂冠詩人の詩心の軌跡をできる限り解明することをこころがけたものである。

　以下、目次を紹介する。(骨子のみ)

第1部　青春期の詩人と初期詩集の概観

　この部では、『二人の兄弟詩集』『詩集、主として抒情作品』『1832年詩集』そして『1842年詩集』などをあつかう。

第2部　初期主要作品研究

　この部では、「マリアナ」「シャロット姫」「イノーニー」「芸術の王宮」「安

＊西前美巳著、桐原書店、1992年12月、A5判・660頁、15,000円

第 2 部　書評をめぐって

逸の人々」そして「ユリシーズ」などを論じる。

第 3 部　中期主要詩篇『イン・メモリアム』
　この部では、対照詩篇、自然描写の特質、比喩表現、「愛」の諸相、20 世紀におけるこの詩篇の批評史の概観などをあつかう。

第 4 部　中期主要詩篇『モード』
　この部では、愛誦抒情詩篇、イメジャリー、テニスンのカタルシス、そしてこの作品の「今日的評価の再考」などを論じる。

第 5 部　後期主要詩篇『国王牧歌』
　この部では、「アーサーの来臨」「ラーンスロットとエレイン」「ギネビア」「アーサーの死」「色彩のイメジャリー」「アーサー王伝説」
などをあつかう。

1　『英語青年』(1993．7月号、上島建吉氏)

　時代でも人間でも芸術でも、すべて進歩発展するものには完成の頂点というものがあり、そこから先は崩壊するしかないという予感をはらみながら、かろうじて自己を支えている時期がある。イギリスではヴィクトリア朝が資本主義文化爛熟の極みとすれば、その逆説的な副産物である Spenser 以来の bucolic な英詩の伝統も、Tennyson に完成の証しを見たと言っていいであろう。本書は、完成した時代の完成した詩人の完成した芸術に対する、それ自身も完成した研究書である。
　すでに『テニスン研究』(1979)、『テニスン詩の世界』(1982) の 2 著で、Tennyson の初期詩集と中期の代表作 *In Memoriam* および *Maud* を論じ尽した著者は、本書においてこれらの業績を包含

第1章『テニスンの詩想―ヴィクトリア朝期・時代代弁者としての詩人論』

するとともに、後期の最大傑作 Idylls of the King と取り組み、これをさまざまな角度から分析、解明している。さらに「時代代弁者としての詩人」の相貌を浮き上がらせるために、Tennyson の創作時期に合わせてヴィクトリア朝を前・中・後の3期に分け、それぞれについて「社会思想の特質とその文学の概観」と題する章を、各時期の作品論のまえに付加している。ただしこの部分は分量も少なく、叙述も一般的、教科書的に過ぎて、後に続く作品論からやや遊離した印象を受ける。本書の主眼は何と言っても、作品そのものの分析と解明、特に表現上の技巧や特徴に対する審美的検討にあると見るべきである。

その点で初期、中期、後期を通じ、Tennyson の詩に対する西前氏のアプローチは、終始一貫している。氏はあたかも Tennyson 自身の感受性を受けついだかのように、言葉の音楽性や色彩感覚、比喩表現のもつ含意などに鋭敏な反応を示し、随所に個性的、独創的な見解を披瀝する。たとえば、自然描写に際してのロマン派詩人との異同を論じ、Tennyson の場合、叙景に（作者ではなく）登場人物の感情移入が行なわれているため、自然描写がとりも直さず性格描写になっていると指摘するあたり、さすがである。

この種の解説は、詩に、たとえ物語詩であっても、筋や思想といった表向きのメッセージ以上の意味をもたせることになる。初めつまらないと思った詩でも、氏によるそのイメジャリーの解明に接するうちに、あらためて読み直す気にさせられる。引用詩の邦訳が正確かつ流麗であることも、読む者の興味を増大させる一因であろう。

反面、Tennyson の思想的な面への考察がややもの足りない点は

否めない。本研究全体を通じて、著者の関心が Tennyson の詩の抒情性に向けられ、愛や美といった情緒的価値に重点がおかれていることは明らかであるが、それは本書の長所でもあり同時に短所でもある。Tennyson が人間愛や自然美の探求と表現に、人生の究極的な目標をおいたことは事実としても、そこに至るまでに、社会における詩人としての、あるいは時代の子としての、(情緒的ではなく) 思想的な葛藤はなかっただろうか。たとえば Lady of Shalott の死は、Wagner 流の Liebestod としてのみ解釈されるべきであろうか。また In Memoriam における唯物論的自然観とキリスト教的目的意識との相剋に、当時知識階級の間に流行していた何人かの思想家、特に Lyell や Coleridge の影響を考えなくてもいいであろうか。さらには The Princess や 'Guinevere' などにおける女性の扱い方に、ヴィクトリア朝的女性観への屈折した感情が見られないであろうか。Maud における戦争賛美の問題にしても、全体として Tennyson 寄りの見方に終始して、社会的、思想的な掘り下げが不十分であるように思われた。

　以上はしかし無いものねだりと申すもの、各時期の代表作の深奥に分け入って、Tennyson の審美的側面をこれほど包括的に、しかも緻密に解明した研究はわが国にかつてなかった。したがって本書は、著者の30年にわたる研究事業の集大成と言うにとどまらず、本邦最初の本格的 Tennyson 文献と呼んで差し支えあるまい。

(東京大学教授；現在、東京大学名誉教授)

第1章『テニスンの詩想―ヴィクトリア朝期・時代代弁者としての詩人論』

2 『イギリス・ロマン派研究』（1994．3．第9号、戸田　基氏）

　待望久しい本格的なテニスン研究書が、ついに出版された。

　わが国では、明治以来テニスンはかなり広く愛読されてきたはずであるが、著者の「あとがき」にもあるように、これまで「まとまったテニスン研究書はほとんど皆無であった」。特に第二次大戦後は、時代の好みも反映して、まったく見当らず、わずかに岡沢武著『詩聖テニスン』（1953）が記憶に残るのみである。

　このような中で、西前美巳氏は、既刊の著書から判断すると、少なくとも昭和30年代の終り頃から一貫してテニスン研究に打込み、その成果を論文や著書の形で発表し続けているこの分野のまさに第一人者である。このたびの著書は、その西前氏がいわばライフワークの総決算として「テニスン全体像の再構築」を試みた、全体で優に600頁を越す大著である。

　著書の構成は、大きく三つの部分に分れ、それぞれの部分の冒頭に「ヴィクトリア朝初期（ないし中期・後期）における社会思潮の特質とその文学の概観」という1章が配置され、その後各時期の主要な作品の詳細な研究が続くという形式となっている。

　この「概観」はテニスンを「ヴィクトリア朝における時代代弁者として」把えようという著者の意図からぜひ必要な章であろうが、枚数が限られている上、元来テーマとして魅力的に書くのは困難であり、ここ2・30年間のヴィクトリア朝研究の目ざましい進展を考えるとき、ある程度の客観性を保持しつつ興味深く書くことは、さらに困難なように思われる。当然これらの章は、インフォメー

第 2 部　書評をめぐって

ションとしての価値は大いに認めるが、一番最後に置かれたこれまた概観である「アーサー王伝説」という 1 章とともに、著者の魅力を感じにくい章である。

　著者の本領は、このような概観でなく、それに続く作品の詳細な分析の章で完全に発揮されることになる。それらの章では、著者は取上げた詩を形式・韻律・イメージ・テーマ・構成などから多面的に分析し、時には伝記的な関連にも触れつつ「考察と鑑賞」を試みるという方法で終始一貫している。30 年以上の歳月にわたって行われた（と推察される）研究が、その間の英米における批評方法の変化には目もくれず、どっしりとした一貫性を保っているのには感嘆のほかはない。文体もそれに呼応してつねに落着きを失なわず、謙虚であり、味わい深い。悠揚迫らず大河のように流れる文章に身を委ねていると、これこそまさにテニスンに打ってつけであるとの感を深くする。

　本書の主要な部分は、このような方法で初期の作品から「マリアナ」「シャロット姫」「イノーニー」「芸術の王宮」「安逸の人々」「ユリシーズ」の 6 篇、中期から『イン・メモリアム』と『モード』、後期からは『国王牧歌』（主として「アーサーの来臨」「ランスロットとエレイン」「ギネビア」「アーサーの死」の 4 篇）を選んで考察した各章から成立っている。大著ではあるが、これからも分るように、けっして網羅的ではなく、『国王牧歌』の 4 篇の場合を除けば、それぞれの詩の選択の理由は明示されていない。しかし穏当で正当な選び方であることは間違いない。

　本来ならばこれらの各章を順次紹介するのが妥当であるが、どれも精細な分析と鑑賞を主体とし、多くの引用が鏤められていて、要

第1章『テニスンの詩想―ヴィクトリア朝期・時代代弁者としての詩人論』を約するのは困難である。テニスンの詩に興味をもつ方々の一読をぜひおすすめする次第である。これら詩の「考察と鑑賞」はどれも丹念に良く書かれていて、読者に十分報いてくれるはずである。評者が通読した印象では、初期の詩を取上げた第2部と、『モード』を扱った第4部が特に優れているように感じた。丁寧な読みと分析を重ねたあと、いろいろな批評家の意見をよく踏まえ、その上で控えめに穏当な解釈を打ち出す態度が、どの場合にも貫かれている。

特筆すべきは、テニスンの詩の引用にはすべて日本語訳が添えられている点である。テニスンの詩はイギリスの詩の中で特に難解というわけではないが、これだけ多量の引用のことごとくに、入念に彫琢された訳をつけるのは、並大抵の労力ではできない。

著者は『国王牧歌』を論じた部分で訳文に関して、「なるべく原文に忠実に従い、直訳をこころがけた。教室などでは名詩訳より詩行に即した訳文の方が役立つと考えたからである」(504頁)と書いている。これは『国王牧歌』に限らず、すべての訳詩に共通する著者の姿勢だと考えられる。それにしてもこの言葉は謙虚すぎる。実際には訳詩は直訳というようなものでなく、よく考えられていて、名訳といってよいものも多い。なによりも犀利で繊細な鑑賞が訳に十分生かされているのが快い。そしてこの訳詩だけでも、テニスン研究者のみならず、学生や一般読者にまで役立つ研究書としての本書の価値を高めている。

ところで、本書は400字詰原稿用紙で1700枚を超えるという大著であるが、この中には著者が以前に出版した『テニスン研究』(1979)と『テニスン詩の世界』(1982)も取り込まれていて、実質的には3冊分の内容となっている。「あとがき」によれば、これら

81

の2著は「現在、入手不可能」であり、「本書に適宜組み込み、再構築を試みた」という。しかし実際には、これら2著は前述の「概観」の章をそれぞれ本文の前に加えた上で、本書の第1部から第4部までとし、縦組みを横組みに変更した以外は、各章の表題にサブタイトルがついたりして少し変化した程度で、内容はほとんど元のまま再録されている。

　これ自体はけっして悪いことではなく、むしろ前2著が絶版なら大いに歓迎すべきことである。しかし本文に手を加えずに組入れた結果、少々不都合が生じている。

　まず、テニスンの故郷はソマスビー（28頁）、サマスビー（226、245、269、270頁）となっているが、サマズビーとすべきではなかろうか（『イギリス地名発音辞典』による）。Sphere（151頁）はSpheres'、コウルリッジのpleasure-house（153頁）はpleasure-dome' 'clio'（332頁）は 'Clio' である。これら前2著の誤植がそのまま持ち越されている。もっとも、Love'stie（374頁）はLove's tie が正しいが、これは本書になって新たに生じた誤植である。（なお、前著とは関係ないが、540頁の本文中の王妃ギネビアは百合姫とすべきであろう）

　次に本文中で最近ないし近年の研究と書いてあって、49頁では1970年、89頁では1976年、274頁では1971年、358頁では1978年と80年の研究書が言及されているのも、1992年出版の本としては奇異な感じがする。

　しかし一番割り切れないのは、388頁注（4）、479頁注（4）、500頁注（4）、587頁注（11）のように、前2著とその頁数が参照するよう記されている場合であろう。これらの箇所はすべて、ほとんど

第1章『テニスンの詩想―ヴィクトリア朝期・時代代弁者としての詩人論』

そのまま本書に組込まれているのだから、当然本書の中の該当頁数を記すべきである。これらは校正で簡単に修正できるものであるだけに残念である。

また、全体として見ると、本書では「時代代弁者としての」テニスンを把えたいという著者の意図やその意図のもとに書かれた概観と、個々の詩篇の精緻な「考察と鑑賞」との間に、かなり大きなギャップが存在するように感じられる。それを埋めるには、詩人自身や詩人の周囲にもう少し目を向けることが必要かもしれない。もちろん著者は、ハラム・テニスンやチャールズ・テニスンによる基本的な伝記をよく参照し、またもっと新しい伝記的研究によって判明した事実にもよく目を配っている。しかしごく簡単な例を挙げれば、たとえば17頁の「使徒団」の記述で、トレンチやハラムだけでなく、ミルズやスペッディングやガードン（スターリングはのちの49頁に記述がある）も「使徒団」の一員であったことが記されていれば、1842年の『詩集』の書評家はまさに彼らであり、テニスンがいわば新しい波の（そして結局は新しい時代の）代弁者として、10年前の『詩集』の時とは打って変って好評を受けた背景がよりよく理解できるのではなかろうか。もちろん、ことはこのように単純でないことは評者も充分承知しているけれども、時代の詩人との接点の突破口は、このようなところからも開けてくるように思われる。

なお、109頁と164頁の記述から判断すると、著者はアーサー王文学ないし伝説を「古典」の中に入れているようであるが、これには少し抵抗を感ずる。

以上、あら探しや、ないものねだりがやや長くなり過ぎて全体の

バランスを失してしまったのではないかと恐れるが、これは評者の本意ではない。冒頭にも述べたように、本書は久しぶりに出た本格的なテニスン研究書であり、今後わが国のテニスン研究者がまず最初に参照すべき本である。テニスンの詩の分析を中心に据え、その部分がとりわけ充実しているのは、なによりも貴重なことである。

　テニスンはさまざまな作品を、最初に発表したあと、何年もかけて改作したり追加したりして磨き上げ、最終的な形に完成させた。本書も『テニスン研究』『テニスン詩の世界』の2著を組み込み、それに『国王牧歌』を論じた部分を加え、枠組となる概観が配置されて大きくまとまった。しかし、評者にはまだこれで完成したようには思われない。たとえば478頁の注（2）によれば、著者はすでに『王女』の抒情詩群を論じた論文を発表している。いずれこの論文やたとえば『国王牧歌』に関する他の論文が加わって、全体がさらに網羅的になり、既発表の部分にも一層の彫琢の手が加わって、大きく完成するのではなかろうか。その日が来るのを、他のテニスン愛好家とともに大いに待望したい。

　　　　　　　　　（昭和女子大学教授；現在、東京大学名誉教授）

3　『英詩評論』（1993．6．第9号、吉村昭男氏）

　中産階級の勢力が増大し、民主主義と科学思想が栄え、国民の飽くことのない知識追及にあけくれたヴィクトリア時代を代表し、国家の栄誉を一身に担った桂冠詩人テニスンは、この安定した社会のなかで、ひそかに生じつつあった内部告発者の声に惑わされることなく、ひたすら詩的技巧の彫琢にはげんだ時代の優等生であった。

第1章『テニスンの詩想―ヴィクトリア朝期・時代代弁者としての詩人論』

　このたびテニスン没100年にあたる記念すべき年に、長年この詩人の研究にとりくんできた著者による大著の公刊をまずはよろこびたい。これはさきに出版された同著者の2書（『テニスン研究――その初期詩集の世界』、1979；『テニスン詩の世界――『インメモリアム』と『モード』』、1982）につづき、ヴィクトリア時代の代弁者であるテニスンの詩想を詩人の生涯にわたって考察しようとするものである。著者は前各著で詩人が活躍した詩作活動の初・中期をヴィクトリア時代の相当期に配し、それぞれの期に創作された詩を観照・考察されたが、新著はさらに後期の活動をも対象に加え、あわせてテニスンの詩想の解明を試みようとする。本書の上梓は待望されるところであった。

　本書の構成は、上述2著の初・中期詩編の研究を第1・2部および第3・4部にあて、後期の傑作ロマン詩『国王牧歌』（1859-85）を最終編の第5部とする。「ヴィクトリア時代の初期（中期）における社会思潮の特質とその文学の概観」が第1（3）部で新たに加わってそれぞれの第1章となり、第5部での同時代後期への概観（第1章）を合わせ、副題にも示されてあるような「ヴィクトリア朝期・時代代弁者としての詩人テニスン」論が展開される。以下、後期の『国王牧歌』論（第5部・全8章）をとりあげ、前2著の前期・中期詩および詩人論にもふれながら概観しよう。

　第5部は、「ヴィクトリア朝後期における社会思潮の特質とその文学の概観」（第1章、前述）につづき、以下、『国王牧歌』研究序説（2）、「アーサーの来臨」論（3）、「ラーンスロットとエレイン」論（4）、「ギネヴィア」論（5）、「アーサーの死」論（6）、『国王牧歌』における色彩のイメジャリー（7）、「アーサー王伝説」

（8）で各章が構成される。第2章以下も、ほぼ前2書と同じ趣向のもとに、作者の意図、各挿話それぞれの物語の梗概、構造、韻律、色彩論などをとおして詩の表現技法が懇切に解説され、テニスン的なるものの特徴が明らかにされる。

　著者の探求精神は、最終章「アーサー王伝説」に結晶しているようである。すなわちここでは、Sir Thomas Malory の散文叙事詩 *Le Morte Darthur*（w．1469）に始まり、しばしばその後の英文学作品に登場するアーサー王文学の系譜が概観され、このロマンスがテニスンにいたって全12巻の *Idylls of the King* に大成されていく経緯が説明されて、アーサー王物語批評史が展開する。

　著者の創意は、ヴィクトリア時代にこのロマンスをあつかった他の作家たちとならべてテニスンの詩を観察し、その詩作技法から詩想を明らかにしようとする姿勢にうかがわれる。テニスン作品にみられる構成面での限界や欠点については従来諸評家から指摘されていることであるが、これらは重ねられた詩的技法の錬磨によって補われているとする解釈から、長年この詩人に親しんできた著者ならではの情熱が感じられる。また、『モード』（1855）論ではこの作品にあらわれた自伝的要素を考察し、この詩の主人公の愛国精神から作者自身のクリミア戦争観を推測しながら、側面からテニスン像の解明に迫るところ（第4部）など、説得的な論旨が印象に残る。若々しいテニスン研究者や学徒にも役に立つことを意図した本書の目的は、いちおう達成されているといってよい。詩作技法での彫琢錬磨を称えるテニスンへの賛辞は、テニスン詩の技法の解明に鋭意努力をすすめてきたこの著者にそのままあてはまるであろう。

　ところで、「ヴィクトリア時代」には明暗2つのニュアンスがあ

第 1 章『テニスンの詩想―ヴィクトリア朝期・時代代弁者としての詩人論』

り、従来、研究者の姿勢はこの時代への思いいれのあり方によっておおむね二つに大別されるように思われる。

(1)まず、これは栄光にみちた明るい時代であった。中産階級の勢力増大、民主主義、科学思想の影響のもとで、いわゆる 'acquisitive instinct' に支配された社会は終始盛んな生活力をみせ、平穏な秩序が保たれていた。この時代をひたすら愛したテニスンに時代の代弁者像をみる著者は、もっぱらヴィクトリアという時代の内部からテニスンの文学をみようとする。

たとえば M. Arnold の書簡（Dec. 17, 1860）を引用して、「知的な批評を標榜する」批評家・詩人アーノルドによる「テニスンの知的能力欠如説」なるものには、「同時代人としての両者に肌合いの相違という、人間的な生ぐささも感じさせる」と述べ、William Morris にたいしては、彼が「信念として古い物語の中に現代の感情を混入することに異議を唱えるようになった」のは、「モリスがアーサー王伝説をソースにして自分で納得のいく作品を作れなくなったことを意味する」とみなし、Tristram をテーマにした A. C. Swinburne の作品について、「これは、テニスンのアーサー王の世界に対抗しようとして意図的に書かれた、いわば反動の詩篇である」と解し、「19 世紀中葉にアーサー王関係詩を手がけたこれら 3 人の詩人たちに共通していえることは、テニスンの桂冠詩人としての名声や人気、そして『国王牧歌』の爆発的な売れ行きなどに否応なく影響を受けざるをえなかったことである」と考え、そこには「人気者にたいする反感・反発というものがあった」ように著者は推測する。(pp.606-10)。また T. S. Eliot についても、本書でもたびたび引用されているように、'In Memoriam'（1936）でテニスン

がみせた詩の韻律的・絵画的・描写的技巧面にたいし 'abundance, variety, complete competence' と述べて高い評価をあたえたことが強調されている。

しかし、まず3人の詩人たちが主として問題としたのは、テニスンの国民的人気などといったものではなく、深刻な体験と不可分である時代性への意識が要求されるとき、彼がみせた楽天思想や、国家、国王の権威や、これに支えられている国民の忠誠心とか、人間の完全性への信仰心であったと思われる。そして Eliot も、他方では『モード』や『イン・メモリアム』に示されているように、人間の完全性にたいする信仰ゆえに、テニスンはその時代に対する 'time-conscious' に欠け、したがって 'experience' がみられないことを指摘することを忘れていなかった。Eliot がテニスン批判者であったことも認めなければならないであろう。ここでわれわれの目は暗いヴィクトリア時代へ向けられる——

(2)ヴィクトリア時代はまた苦難の時代であった。R. Browning や Arnold らの詩や、C. Dickens、W. M. Thackeray らの小説にみられるように、この時代は自信に満ちた国民の楽天的な気分の陰で社会的矛盾や精神の苦悩・懐疑をはらんでいて、この事実を無視しえない内部告発者たちもいたのである。彼らの立場からいえば、ひたすら詩の技法の彫琢にいそしんでいたテニスンは、たとえば前述の書簡で Arnold がいう 'intellectual power' の存在を実感として体験していなかったと解されるであろう。やがて20世紀にいたって台頭する、(Eliot にみるような)外部からなされる評価への橋渡し役を演じたのは、こういった人たちである。

さて、不評であったテニスン後期の劇作品で、詩想は詩の技巧に

第1章『テニスンの詩想―ヴィクトリア朝期・時代代弁者としての詩人論』
とどまらず作品の構想や時代意識とどのようにかかわるのか。また
「テニスンの詩想」はヴィクトリア時代後期の下り坂にあって、とりわけどのように技巧とかかわっていくのであろうか。ときに懐疑者としての側面もあり、『モード』では時代批判もみせていたという詩人なのである。

そこで今後の試みとして、上述(1)の立場からなされた技巧面からの考察に加え、(2)の立場を踏まえてこの時代を内・外の双方を視野にいれた歴史的・時代的展望による新しいテニスンの詩想の解明などというようなことは、期待できないものであろうか。

(広島大学教授；現在、広島大学名誉教授)

4　『英文學研究』(1995. 1. 第71巻第2号、平林美都子氏)

1809年に生まれ、1892年に没したAlfred Lord Tennysonは、まさしくヴィクトリア朝のほとんどすべてを生き抜いた詩人であった。本書はその副題が示すように「時代代弁者」としてのテニスンの詩心の軌跡を、「詩人の代弁者」ともいうべき著者が解明していく。645頁にもおよぶこの大著が刊行された1992年は、折しもテニスン没後100年という記念すべき年でもあった。

すでに西前氏は『テニスン研究』(1979)において "Mariana" "The Lady of Shalott"、"Oenone"、"The Palace of Art"、"The Lotos-Eaters"、"Ulysses" という初期の代表的な詩を、また『テニスン詩の世界』(1982)では、In Memoriam, Maud という中期の詩におけるテニスンの詩心を解明してきた。「『国王牧歌』という大作が…手招きしているようだ」と、前の著書『テニスン詩の世界』の筆を

第2部　書評をめぐって

おいてから10年。その言葉通り今回、前の2作に叙事詩 *Idylls of the King* の分析を加えて、本書を発表された。テニスンの詩の抒情的要素に分析の力点を置こうとする著者の当初からの姿勢は、10数年の年月を経た最後の叙事詩における論文に至るまで一貫してみられる。詩の言葉の繰り返し、聴覚イメージ、絵画的描写など、テニスンの詩の表現技法上の特質をていねいに説明し、かつ批評家の注釈にも言及しながらペダンティックに陥らず、読者に詩を鑑賞する喜びを教えてくれる書である。本書の1部、2部は『テニスン研究』に、3部、4部は『テニスン詩の世界』に収録されたものなので、以下の書評では西前氏のテニスン研究の一つの締めくくりともいえる5部の *Idylls of the King* に焦点を絞って論じていきたい。

著者が *Idylls* にとりかかられたこの10年は、ヴィクトリア朝詩人の再評価の機運が高まった時であった。テニスンについても例外ではない。そのきっかけの一つは、Robert Martin の *Tennyson: The Unquiet Heart*（1981）と題するテニスンの伝記が発表されたことにより、詩人の全体像が明かになったことであろう。さらに、Cecil Lang と Edgar Shannon Jr. によるテニスンの手紙の編纂が1981年に始まり（*The Letters of Alfred Lord Tennyson, Volume I:* 1821-1850。以下1987年、1991年と続く）、妻 Emily の日記（*Lady Tennyson's Journal*, 1981）の発表、そして1987年には Christopher Ricks によってより完全な形の詩集3巻、*The Poems of Tennyson*（2nd ed.）が出版されるなど、テニスン研究に関する一次資料が充実してきた。また一方で、1981年以来、D. S. Brewer から Arthurian Studies のシリーズが刊行され、アーサー物語への世界的な関心も同時に高まってきた。著者はテニスンの新たな一次資料のみなら

第 1 章『テニスンの詩想―ヴィクトリア朝期・時代代弁者としての詩人論』

ず、それを基とする数多くのテニスンの、さらにアーサー物語に関する文献をも参照されたことは、付記された詳細な文献目録からもうかがえよう。

　西前氏は、まずテニスンが 19 世紀におけるアーサー文学流行の確立の旗手であると指摘する。そして詩人の 'The Passion of the Past'（cf. "The Ancient Sage"）が、アーサーという理想の人物像を樹立することによって、同時代人に「理想主義的愛他精神」というヴィクトリアニズムの真髄を訴えたかったのだとする。テニスンの Idylls は Malory の Le Morte Darthur にソースがあるとしながらも、著者の関心はもっぱら、テニスンがヴィクトリア朝の時代思想にふさわしく独自のアーサーものを創造したという点にある。この関心から著者は、本書の 5 部の中で次の四つの詩を取り上げて論じていく。Frame-Idylls と称される "The Coming of Arthur" と "The Passing of Arthur"、そして、ヴィクトリア朝の堅苦しい倫理観を中心思想とする Idylls の中でも、登場人物が最も生き生きと力強い迫力をもって描かれていると著者が指摘する "Lancelot and Elaine" と "Guinevere" である。

　まず "The Coming of Arthur" の章では梗概風の説明のあと、アーサー王の出生の秘密の詳細な描写に言及し、この点がマロリー版にはないテニスン独自の着想だという。たしかにマロリーのアーサーは 'Whoso pulleth out this sword of his stone and anvil is rightwise king born of all England' と刻印された剣を抜くことにより正統な王権を獲得したのに、テニスンのアーサーにはそのような記述はない。アーサーの出生はむしろ神秘的、象徴的なヴィジョンだけでしか描かれていない。アーサーのこうした不明確な出生に

ついて著者は「伝説上の人物に特有の曖昧性」のため「止むをえない」こととし、テニスンの「恋愛観、結婚観などから考えると（不明確な出生は）詳細に述べる必要があった」としている。しかしこの詩を著者が Frame-Idylls の視点からとらえるのであれば、アーサーの王権の曖昧性こそ、対に相当する "The Passing of Arthur" の中で 'on my heart hath fallen/ Confusion, till I know not what I am,/ Nor whence I am, nor whether I be king.'（143-145）と語るアーサーの到達した心情を理解する鍵になるのではないだろうか。そしてまたこの曖昧性は 'the old order changeth, yielding place to new'（408）と語る死の間際のアーサーを、著者が述べるように「権威をもった、迫力ある…王」と断定することに無理が生じるのではないだろうか。

さて次章の "Lancelot and Elaine" 論でエレインの純愛とグィネヴィアの嫉妬心を説明し、続く "Guinevere" 論で、突如開眼する王妃に焦点をあてて、完璧すぎて人間的成長のできないアーサー王と対比させて論じていく。ランスロットとの甘美な逢瀬を回想した直後、アーサーとの対面があってグィネヴィアが開眼するという物語の展開の不自然さを、著者は、王妃が尼僧院での悔悟と反省の日々を経た後アーサー王の変わらぬ真情にふれたためだと理由付けし、さらにテニスンにはアーサー物語の枠組での義務と制約があったのだと説明する。それに異論があるわけではないが、"Guinevere" の巻でこの 'final meeting' がマロリーとは異なるテニスンの独創であるならば、もう一歩突っ込んだ分析が望まれた。たとえば、Augustus Egg の描いた3部作 *Past and Present*（1858）の第1部を連想させるような、王の足元にグィネヴィアがひれ伏すシーン

第1章『テニスンの詩想―ヴィクトリア朝期・時代代弁者としての詩人論』

('grovell'd with her face against the floor'（1．412））などは、当時の女性観と当然関連するであろう。それにまた、"Guinevere" のアーサーは、西前氏が述べられるように、本当に「理想的王として存在し、成長したり変化推移したりする存在として描かれていない」のであろうか。妻への非難から許しにまで至る 100 行以上のアーサーの長広舌は、前のところで著者自身も指摘されるように、「建前と本音のギャップに悩む」アーサーという人間の真情の吐露であろう。だとすればこの巻のアーサーは「理想的な王」とか「完璧すぎる人間」というよりむしろ、John D. Rosenberg が述べているように、王の 'troubled humanity' によってそれまでの 'Arthur's divinity' が弱まっているのではないだろうか（*The Fall of Camelot: A Study of Tennyson's "Idylls of the King"*: 128）。そしてアーサーの 'troubled humanity' は最終巻の "The Passing of Arthur" に至って、先に引用した 'I know not what I am' という実在的な問いに続き、"To the Queen" の中の 'Ideal manhood closed in real man'（38）という詩人自身の結論に終結していくのであろう。テニスンがアーサー王に理想的人物を創造しようとしたにしても、実際に描かれているアーサーは、'O golden hair, with which I used to play/Not knowing!'（"Guinevere": 545-546）に見られるように、人間的な欲望を持っているのである。

　もう一つ西前氏の "Guinevere" 論で物足りなさを感じた箇所は、宮廷の庭の壁を登ろうとする Modred が 'a subtle beast' や 'a worm' というイメージで描写されていること、そしてその数行あたりにミルトンの allusion があること、さらにグィネヴィアの Eve 的役割にまで言及しながら、*Paradise Lost* の allusion に関しては全

く論じられなかったところである。もちろんグィネヴィア、モードレッド（またはランスロット）、アーサーを Eve、Satan、God と単純に併置できるわけではないにしても、"Guinevere" 巻においてアーサー国家という「楽園」が喪失してしまうのは確かなことである。その視点からみれば、著者のいう人間らしいグィネヴィアと神のごとき役割をするアーサーの対立の図式が一層はっきり見えてくるのではないだろうか。

　全般的に本書では「時代代弁者」としてのテニスンの関心をやや狭義にとらえがちだったという不満は残るものの、「テニスンの代弁者」としてテニスンの詩情をあますところなく伝えてくれる著者の筆致は見事である。各論の初めにつけた時代ごとの「社会思潮の特質とその文学の概観」は、表層的という批判もあるだろうが、広い読者層を考えた場合、親切な導入部分だといえる。とりわけ、著者の美しい日本語の訳詩にはテニスンの抒情がこめられ、氏の訳詩だけでも十分にテニスンの世界が味わえるといっても過言ではない。テニスンを総括するような研究書がまだない日本の研究界にとって、テニスンの初期、中期、後期の重要詩を網羅した本書の出版は意義あることであろう。著者が今回取り上げられなかった *Idylls of the King* の他の巻や *The Princess* をはじめ、たびたび問題になる "Tithonus" などの神話をもとにした詩にもさらに手を広げられることを期待したい。

　最後に、西前氏の前2冊の書は本書にすでに収録されているので、注の方もそのように直していただきたかったことと、*ibid.* や *op. cit.* のラテン語は現在ではやや違和感を感じたことを付け加えたい。　　　　（愛知淑徳短大助教授；現在、愛知淑徳大学教授）

第1章『テニスンの詩想―ヴィクトリア朝期・時代代弁者としての詩人論』

5　徳島新聞・文化欄（1993．4．7、向井　清氏）

　本書は著者（鳴門教育大教授）が2年ほど前に広島大学に提出し、受理された博士論文の刊行書である。英国ヴィクトリア朝期を代表する詩人アルフレッド・テニスンの主要作品およびそれらをめぐる創作事情、社会背景、社会思潮、詩想の特質などについて、浩瀚（こうかん）な論考と精緻（せいち）な分析を展開した画期的かつ独創的な研究書となっている。

　本書は全体で五つの部から成っているが、第1部、第3部、第5部の各冒頭の第1章では、政治的、社会的な大きな動きと連動して見られるヴィクトリア朝各期（初期、中期、後期）の社会思潮の特質や文学の概観を試みている。詩人の全体像を明確に把握するにはどうしてもその時代の社会史的、文学史的な視点が不可欠となるが、これらの各章では、文学はもとより、政治、経済、社会、文化など広範な視座から時代の特質を眺めることを試み、その上に立ってテニスン文学を見つめ直そうとしている。この点における著者の努力と精進は評価されるべきであろう。

　第1部は総じてこの詩人の初期作品集について過不足なく的確にまとめられた好論といえる。第2部では詩人の精緻な観察力、対照・反復の効果、丹精こめた技巧的かつ絵画的手法、古典に関する知識や科学上の新事実の使用、語彙（ごい）の巧妙な駆使などの面からテニスンの魅力が総合的に浮き彫りにされている。第3部、第4部はいずれも、ヴィクトリア朝期の思潮や時代背景を色濃く映した『イン・メモリアム』と『モード』という二つの長大作を多角的

第 2 部　書評をめぐって

視座から究明した労作である。最終部・第 5 部は詩人が半世紀の歳月をかけて完成した長編叙事詩『国王牧歌』を論じたもので、本邦初の同作品論として高く評価されるものである。

　本書で特筆されるべきものを挙げれば、各作品の分析と解明、殊に表現上の技巧や特質への審美的なアプローチである。著者はあたかも詩人自身の感受性が乗り移ったように、言葉の音楽性や色彩感覚、比喩（ひゆ）表現の含意などに鋭い関心を寄せている。そうした見地から、自然描写におけるロマン派詩人との異同を論じ、テニスンの場合、叙景に際して、作者ではなく、登場人物の感情移入が行われているため、自然描写がとりもなおさず心理描写になっている点が特徴であると指摘している。こうした点は、著者の鋭い卓見と長年にわたる研究成果がにじみ出て、読む者に深い感銘を与える。さらにイメジャリーの解明は卓抜で、訳語は正確かつ流麗である。

　「これほど包括的で緻密なテニスン研究は、本邦はもとより、諸外国にも例を見ず、文字どおり画期的な業績として、テニスン研究の世界的金字塔といえる」と評したのは、2 年前、著者の学位論文を審査した審査委員のひとり上島建吉氏（東京大学教授）であるが、本書は必ずや後進のテニスン学徒はいうまでもなく、広く英文学研究者にもきわめて刺激的かつ啓蒙（けいもう）的な快挙になりうると思われる。

　　　　　　　　　　（鳴門教育大学教授；現在、鳴門教育大学名誉教授）

第2章
『テニスンの言語芸術』*

概要

　前掲の『テニスンの詩想』では論じられなかった他の特異な詩篇、例えば『王女』のなかのソング群、「ヘスペロスの娘たち」「ロックスレー・ホール」「ティソウナス」といったテニスンの言語芸術の真骨頂が窺われる詩篇を、「テニスンの絶唱を読む」と題して第1部にまとめる。詩形の面からも特異な魅力を誇る『モード』や『イン・メモリアム』などの特質についても触れる。
　第2部では、ロマン主義の揺曳や残響がいかにテニスン詩のなかにみられるかを三つの章にわけて論じ、テニスンの言語芸術としての魅力と特質に迫る。
　以下、目次を紹介する。（骨子のみ）

第1部　テニスンの絶唱を読む
　この部では、「序にかえて――いま、テニスン芸術をどうとらえ直すか」「『モード』のなかの愛誦抒情詩篇」「『王女』のなかのソング」「ヘスペロスの娘たち」「ロックスレー・ホール」「ティソウナス」「イン・メモリアム＝スタンザ」をあつかう。

第2部　ロマン主義の揺曳と残響
　この部では、「テニスンとロマン派詩人たち」「キーツとテニスン」「テニスン詩にみる光のイメージ」などを論じる。

＊西前美巳著、開文社出版、2000年10月、A5判・248頁、3,500円

第2部　書評をめぐって

1　『英語青年』（2001．3月号、加畑達夫氏）

　西前美巳氏がこの度発刊された『テニスンの言語芸術』はいわば氏のテニスン研究の集大成とも言うべきものである。一読して感じたのは氏がいかにテニスンの作品を愛しておられるかということであり、文章の端々にそうした愛情がにじみ出ている。

　第1部で扱われた作品は『モード』、『王女』、「ヘスペロスの娘たち」、「ロックスレー・ホール」、「ティソウナス」、『イン・メモリアム』の6篇である。氏は最もテニスンらしい韻律や語法がこれらの作品に顕著にあらわれていると考えられたのだろう。従ってこれらの作品から一つの共通したテーマを引き出して論じるというよりも、個々の作品をていねいに鑑賞するという姿勢で一貫している。

　テニスンの詩の音楽性に着目したのは夏目漱石なのだが、氏もまたテニスンの韻律の美しさにひんぱんに言及されているあたり、今後テニスンの詩を読んでみたいと考えている方たちには格好の手引書になるのではないか。

　それでも幾分物足りなさが残るのも事実である。その主な理由は二つある。一つは詩語に自らの思いを託した詩人の心情の掘り下げ方が浅いことである。もう一つは第2部におけるロマン派の詩人たちの特性が判然としないところがあり、それゆえテニスンの詩の特性が強く浮き彫りにされない点である。「ロマン主義の揺曳と残響」がテニスンの作品にみられるのは明らかだが、その反面「テニスンらしさ」も初期の作品においてすら色濃く出ているのも確かである。具体的に詩の解釈上、気になったことを二、三述べてみたい。

第2章 『テニスンの言語芸術』

「ティソウナス」はテニスンの代表作の一つだが、氏の言われる通り、「ユリシーズ」と対になって読まれる必要があろう。これら2作品に共通したテーマは「死」を前向きにとらえる姿勢である。ユリシーズは「冒険」の旅に出るのではなくて、「死」の世界に向かうのである。海は死の世界の象徴であり、船出は死出の旅である。「ティソウナス」(「ティソン」)もまた死を希求した作品であって、このあたりのテニスンの作品は「マリアナ」、「南国のマリアナ」、「ロータスを食する人たち」、さらには『イン・メモリアム』前半部分など、死への憧憬と、ある種の虚無感に満ちているものが多い。そうした虚無感をもう少し強調して欲しい気がした。

氏が最も力を注いで解釈された「ロックスレー・ホール」は私にとっても興味深い作品である。たしかにこの作品中の詩語にはかなり、なまなましい感情表現を伴うものが多いが、この作品は氏の御指摘通り、当時のテニスンの若々しい感情がよく現われていて、それなりの評価を与えても良いのではないか。氏の解釈で次の詩行が特に気になった。

Love took up the glass of Time, and turned it in his glowing hands; / Every moment, lightly shaken, ran itself in golden sands. / Love took up the harp of Life, and smote on all the chords with might; 氏はこの部分で 'Every moment' を副詞と見なし、「回す度ごとに」と訳され、「そのグラスは黄金色の砂粒に見紛う」と読んでおられる。しかし、この場合の 'the glass of Time' は一瞬の時を一粒の砂にたとえた「砂時計」であり、「軽く揺すられれば、砂時計の中の一瞬('every moment')が黄金の砂(時)となって進行した」と解釈した方が自然ではないか。つまり、ここでの 'Every

第2部　書評をめぐって

moment' は副詞ではなくて名詞で 'ran' の主語であり、'itself' もグラスではなくて、'every moment' 自身のことで一瞬一瞬の愛に満ちた輝く時間を 'golden sands' として象徴している。

　次行の 'harp' に氏は女体を見ておられるが、私は意見を異にする。ハープは古来、天使が弾く楽器として崇高なイメージを有している。ここではその音色によって崇高な愛の喜びを歌い上げていると解したい。ここではハープの音色を想起せねばなるまい。

　Women in the lesser man, and all thy passions, matched with mine, / Are as moonlight unto sunlight, and as water unto wine ——という2行の解釈で氏は大分苦労されておられるが、'matched with' を「結ばれ」と解釈するのではなくて、「対比すれば」とするところだろう。OED によれば、この 'matched with' の用例はシェリーの「ヒバリ」にあって "Matched with thine would be all / But an empty vaunt"（11. 68-69）というように「対比（比較）すれば」の意で用いられている。そうなれば「女性は男の自分と対比すれば、情熱において、日光に対する月光のように冷ややかで、ワインに対する水のように味気ない」ということで、まさに女性は男性よりも情熱において劣る存在だという自分を裏切った女を侮蔑する「私」の言葉として素直に受け止められよう。

　世紀末詩人ダウスンに 'The Passing of Tennyson' という作品があるように世紀末のマイナーな詩人たちにも愛されたテニスンの懐の深さを、今後とも追求されることを願ってやまない。

　　　　　　　　　　　　　　　　　（山形県立米沢女子短大教授）

2 『英詩評論』（2001．6．第17号、忠津光治氏）

　すでに『テニスン研究』(1979)、『テニスン詩の世界』(1982)そして氏の学位論文刊行書の『テニスンの詩想』(1992)など、陸続として公刊する西前氏が、このたびまた、第4番目のテニスンの単著を出版された。上記3番目の『テニスンの詩想』の大著（645頁）については、『英文学研究』(1995年1月、平林美都子氏)、『英語青年』(1993年7月号、上島建吉氏)などで、「本邦最初の本格的文献であり、それ自体も完成した研究書」などと高く称揚されたのは、いまも私の記憶に鮮やかである。

　今回の氏の単著は、『テニスンの言語芸術』という「いかにも気宇壮大なタイトル」（氏自身のあとがき）をもっているが、たしかにテニスンという詩人の「詩とことば」なる視点からの論考を中心にしてまとめられた、文字どおり「言語芸術」論となって開花する。

　本書は、第1部と第2部に分けられている。第1部では、「テニスンの絶唱を読む」と銘うち、『モード』『王女』「ヘスペロスの娘たち」「ロックスレー・ホール」そして「ティソウナス」などの作品について緻密な分析と解明を展開する。殊に、表現上の技巧や特質への審美的なアプローチは、西前氏独特の鮮やかさである。著者は、まるでテニスンという詩人の感受性をそのまま引き継いで、比喩表現、言語の音楽性、色彩感覚などの解明を試み、迫力がある。殊に引用詩行に施された訳語は、正確かつ流麗というべきである。

　第1章の「序にかえて――いま、テニスン芸術をどうとらえ直す

か」という論考は、『英語青年』（1993年新年号）の巻頭論文であるが、「テニスン没後100年祭」の一環として「テニスン特集」を飾ったものであり、このヴィクトリア朝期・桂冠詩人の研究の現状と将来への展望を見事に開陳した好論となっている。

第3章の『王女』論も読みごたえのあるものである。氏が力をこめて訳出したソング群の「訳詩」は、苦吟とも称すべき力作であろう。中でも、「やさしく　しずかに」「かいなき　なみだ」などは、白眉といってよい。原作もさることながら、訳詩がそれ自体、美しい抒情詩となっている。

第4章「ヘスペロスの娘たち」や第5章「ロックスレー・ホール」などは、わが国で初めて取り扱われ、論考された詩篇であり、殊に「ロックスレー・ホール」の考察は、これだけで40頁にも及ぶ熱のいれようである。隠喩表現の項目における行の解明（134頁）などは迫真性に富み、刺激的でもある。『英語青年』（2001年3月号、加畑達夫氏）の、本書に対する書評にもあるように、比喩表現の解釈の仕方によっては、多義性と曖昧さを増幅するほど、含蓄に富んだ表現がめじろ押しである。また、それが詩行の魅力ともいえようか。

第2部は、「ロマン主義の揺曳と残響」と題して三つの論考から成る。第1章の「テニスンとロマン派詩人たち」は、上島建吉氏編『イギリス・ロマン派研究——思想・人・作品』に収められたものであるが、テニスンとイギリス・ロマン派詩人の関連が興味深く開陳されている。テニスンがキーツ、シェリー、そしてコウルリッジの作品にいかに影響を受けているか詳細・緻密に解明されている。

第2章「キーツとテニスン」においては、両詩人が「酷評」とい

う見地からいかなる類似性があるか、また「マリアナ」と「秋に寄せる」などにおいて詩行そのものの関連性はどのようなものか、など実証的に解明されていて興味深い。

そして第2部最終章「テニスン詩にみる光のイメージ」では、この詩人のかずかずの詩篇の中から光に関連した箇所を取り上げ、テニスン的イメージを詳述している。'light' とか 'gleam' が人間の追求しようとする理想のともしびとなり、また、詩人としての想像力の源泉、そしてインスピレーションを象徴するイメージとなるのは、テニスンの詩においても例外ではない、と結論づけている。この論考は、上杉文世博士編『光のイメジャリー──伝統の中のイギリス詩』という記念すべき大著のなかに収載された論考であり、思えば中国四国イギリス・ロマン派学会の総力をあげての出版物であり、快挙でもあった。

西前氏は、本書のあとがきで、「テニスンの訳詩集のほうは、まだまだこれからの仕事で、全訳となると、ひとりの力では到底不可能であろうが、〈名詩選〉くらいのものなら手が届きそうなので、いずれ近々出版したいと念じている」と書かれている。

その「訳詩集」上梓が、今年古希を迎えられた西前氏の夢であるとのことであるが、どうかその夢が、見事、実現されるよう念じてやまない。　　　　　　　　　　　　　　　　　（四国大学教授）

第3章
私自身の書いた書評(主要なもののみ)

1　吉村昭男著『マシュー・アーノルドの文芸批評
──詩と批評のあいだで──』※

　テニスン、ブラウニングらとともにヴィクトリア朝時代の代表的詩人と呼称されるアーノルドは、また同時に偉大な批評家でもある。著者は、さきに「アーノルドの詩─詩想の遍歴」(1979年)を上梓され、詩人としてのアーノルドの特質を明らかにされているのは周知のことであるが、本書は当然のことながら前著に論拠を据え、更にこれに批評家としての次元を照射しつつ彼の文芸批評に斬り込みをかけた研究となっていることは、本書のおびただしい注を見れば歴然としている。前著との深い関連において読者も本書を読みすすめる必要があろうと思われる。

　アーノルドは、その初期、即ち詩作時代には哀感にみちた詩篇を、求道に明け暮れるような心情でもって詩作しているが、オックスフォード詩学教授在職中のころから変身し、作家としての活動分野は詩作から散文の領域へと大きく転向している。そして散文の領域においても、文芸批評のほかに教育、宗教をはじめ文化全般へと多岐にわたり、その多彩な活躍ぶりは刮目すべきものがある。本書

※　渓水社、1987年5月、A5判・237頁、4,800円

第3章　私自身の書いた書評（主要なもののみ）

は、こうしたアーノルドの批評家としての特質や業績を明晰に究明した労作となっている。

　ここで扱われた作品は、批評時代の初期、後期を代表する2冊の『批評論集』を中心とし、このほか詩集の序文、オックスフォードの詩学講演、更に詩学教授辞任後に出版された、あの有名な『教養と無秩序』にも触れるという、批評家としてのアーノルドの全貌に迫る意欲的な研究の開陳となっている。

　具体的に章を追って眺めてみよう。

　第1章の「文学における近代的要素について」では、サブタイトルに「批評家の誕生」とあるように、新生した批評家アーノルドに観察の眼を据えて、文学における「近代的要素」について究明している。これは、時代の新旧に関係なく、時代を超越した永遠の生命をもつものであり、彼の古典主義的傾向を表明しているといえる。古代ギリシア精神──ヘレニズム──を復活させることこそ肝要だと主張するアーノルドの姿が浮き彫りにされる。

　著者はアーノルドの論文の主張を緻密に分析し、説得力のある、明快な解説を展開しており、極めて理解し易く、アーノルド特有の、あの二重性格者的特質──現実拒否者から現実順応者へ、あるいは絶望者から諦観者への変容ぶり──なども様々のアスペクトから考察されている。そして批評家としての出発に際して、アーノルドには積極的に社会的使命感への自覚がなされていたことをこの章で明らかにしている。

　第2、3章は、フランスの詩人モーリス・ド・ゲランについて論じたものであるが、本書の約20％にあたる43ページがあてられており、著者のこれに対する意欲の偲ばれるところである。

第2部　書評をめぐって

　第2章のサブタイトルには「自然の魔力」という言葉があるが、これはゲラン著の「ケンタウロス」という作品がただよわす魅力、そしてその特質が、壮大なるひとつの寓話であり、半人半獣という想像上の怪物による回想という構想のもとに創作されているゆえんである。著者はこの散文詩のもつ魅力の秘密を解明し、そのあとで、アーノルドが本論文で述べた詩一般の機能論、とりわけ、詩の機能と自然の魔力との関連について考察を展開しているのが注目される。そして、アーノルドがいたくこの作品にひきつけられたゆえんは、自然界の魅力、とりわけ厳父としての権威をひめた「自然の魔力」をもっとも見事に結晶させたゲランの詩人的才能そのものであったと結論づけている。

　第3章のサブタイトルは「道徳的深淵」となっているが、これは、アーノルドによると詩あるいは詩人には前述の「自然の魔力」と「道徳的深淵」との二つを解明する能力があると考えられており、この観点からゲランを評して用いられた言葉である。著者はこの章ではゲランの人間像を明らかにするためにアーノルドのいう「道徳的深淵」を検討し、解説を加えている。

　ゲランが異質な二つの心の対立（dualism）で苦しんでいたのは二重性格者アーノルドには殊のほか理解できることであろう。著者は「ゲラン」論がアーノルドにとって、言わば1枚の自画像であったと思われると結んでいる。

　第4章では「マルクス・アウレリウス」——賢者の二重性格——を扱っている。ここでは、年をとるにつれてアーノルドがその反現実的な心情を捨て、現実受容者的な理性の声に耳を傾け、自らを「道徳的行為者」にさせようとした立場に立脚して、アーノルドの

道徳観を克明に究明している。この論文はもともと書評をかねて執筆されたものであり、いかにもアーノルドらしい分析と観察が展開されていると著者は述べている。アウレリウス帝に関する二つの先入観を排除し、その姿を「あるがままに」観察しようとするアーノルドの手法は、著者がアーノルドの本論文解明に迫るその手法と軌を一にしており、いかにも手堅く、地道で、客観的であり、説得力に満ちあふれている。

　第5章の「異教徒および中世時代の宗教的感情」では、「想像的理性」について述べたアーノルドの論点を要領よく明快に著者は開陳する。「感覚と理解力」及び「情愛と想像力」との集積が、「想像的理性」であるとの観点から各要素を考察し、完璧な人間性は、これら相反する機能をもった二つの心が理想的に統合され、調和のとれた「想像的理性」の持主にしてはじめて得られるのであり、とりわけこれが「近代精神」の主流になるというアーノルドの論拠を、著者は克明に追究し、解説を加えているのが印象に残る。

　第6章では「現代における批評の機能」がとり扱われている。批評家アーノルドの創作論をはじめ、危機に瀕していた彼の詩想の本質又その時代的特性などが順を追って鋭く究明されている。この章の最終部を彩る著者のまとめの言葉にはみずみずしい迫力と流麗さが流れる。即ち、「批評家アーノルドの誕生と活躍も詩人アーノルドの復活を願って、そのことが自らの心情と責任で選んだ衣替えの所産であったといえよう。彼の批判力説は、ロマン派詩人たちのミューズが見せた想像力本来の機能の復活を願い、失われた人間性の回復を求めるとの理想主義的精神の不滅性を語るひとつの有力な証言となるかもしれない」。

第2部　書評をめぐって

　第7章は「批評論集——第一集」の序文をめぐって——詩作か批評か——というものである。著者はアーノルドの相対立する、想像主義的精神（心情）と現実主義精神（理性）に着目し、そのdualistとしての「詩人的資質」と「批評家的態度」について、これらに係わる諸問題をここで考察しているが、手堅く、客観的に対象に迫り、的確で、読みごたえがある。「批評」の機能、目的から論をおこし、「技術的論評」や「批判的論評」に触れながら、批評の機能として「趣味の矯正」を主張するエリオットの持論にまで論は及ぶ。そして「近代批判の父」と称されるアーノルドの理念、地歩について究明がなされている。結論として著者は、アーノルドの心には批評家としては、詩人的な内向性、観照性とでもいえるような、消極的な特性が散見され、いわゆる詩作か批評かの間をめぐって絶えず微妙に揺れ動いていた一面が顕在していたと主張する。
　最後の第8、9章はいずれも「批評論集——第2集」（1888）から取られた論文である。第8章の「詩の研究」——真の評価を求めて——は、英詩の歴史的系譜を辿りながら、詩人たちのこれに対するレーゾン・デートルを解明している。ここでは彼の文芸批評活動の軌跡を追うとともに、批評時代を通じて一貫するアーノルドの姿勢が、種々のアスペクトから順次、手堅く考察され、叙述されており、詩の研究者には誠に有益で、示唆に富む論考である。歴史的に主要詩人を論じている箇所はアーノルドの特質と同様、著者自身の学風のにじみ出た箇所といってよい。
　最終章の「レオ・トルストイ伯」論は、名実共に彼の文芸批評の掉尾を飾る傑作であり、著者もいうとおり、アーノルドの精神史上、見逃すことのできない論文である。アーノルドの批評家として

の特質とその限界について著者は諄々と述べて本書を結んでいる。

総じて著者の論述の手法は、手堅く、着実で、客観性の強い地道な筆致に裏付けられたものである。誠実な人柄と対象に対するあくなき真摯な姿勢がうかがわれる重厚な学風である。一つ一つ、言ってみれば実証的に述べねば気のすまぬといった感じを覚えさせる論考がほとんどであった。しかし、いや、だからこそ、欲をいえばもう少し著者の主体的立場が多少恣意的にでも自由に開陳されていたら、著者自身の主張が一層鮮明に浮かび上がっていたろうと思われる所もなくはなかった。又、第6章2項の、ロマン派詩人たちやヴィクトリア朝詩人たちの素晴らしい概観で、バイロンが欠落しているのは何故だろうと思った。

ともあれ、この労作はアーノルド研究者はいうに及ばず、広く英文学研究者必携の書といってよかろう。(中国・四国イギリス・ロマン派学会『英詩評論』第5号、1988. 6)

2　吉村昭男著『時代精神のなかの文学──M. アーノルド、T. S. エリオット、H. リードをめぐって──』※

既に『アーノルドの詩──詩想の遍歴』(1979)、『マシュー・アーノルドの文芸批評──詩と批評のあいだで』(1987)などの著作で、わが国における代表的なアーノルド研究者として広く知られる氏が、このたび長年にわたる文学研究の総決算として本書を公刊されたが、これは同時に氏の浩瀚な学位論文の中心部分をなすものである。

著者は「あとがき」で「文学は作家や批評家たちにどのようにう

※ 渓水社、1994年2月、A5判・312頁、7,210円

けとられてきたのであろうか。そしてまた批評とは、どのようなものであり、どのようなことをするのであろうか。これらは私が長年にわたって考えつづけてきた問題である」と述べているが、本書は主として、アーノルド、エリオット、リードの創作を通して、時代精神と文学活動との関係を考究し、「時代精神のなかの文学」の実態を明らかにしたものである。

　想像力の形態や質は、時代を支配する精神──時代精神──との間に密接な関連があるとの推測に立って、手堅く着実にその論考を展開している。

　具体的には、「時代精神」に時代的・歴史的背景、あるいは社会的・風土的環境といった縦と横との二つの視点を設定し、ここに立って、ヴィクトリア時代から現代に至る時代精神と文学の関連を考究したものといえる。従って、単なる文学研究というよりも、文化と文学の両領域に及ぶ学際的な研究といってよい。著者の、視野の広い研究眼が程よく照射され、該博周到な論究が華ひらいている。

　第1部では、主として詩人・批評家アーノルドを取り扱う。第1章では、後期ロマン派時代に属するヴィクトリア時代のアーノルドの詩と、初期ロマン派興隆時代のワーズワスの詩との比較を「自然観の変遷」という視点から論じている。ここで扱われる「追悼詩」「自然の若さ」「人間の若さ」などの詩編の解釈と分析は的確で感銘深い。第2章では、中期ロマン派黄金時代のキーツの詩との比較・検討がなされている。ここでは「スコラ・ジプシー」が詳述される。このような3詩人の詩風や想像力の違いが、それぞれの時代と社会思潮・社会背景などに、いかに密接に関わりがあるかが諄々と

述べられる。第3章では、批評家アーノルドの全体像というサブタイトルのもとに、彼の批評活動では、ヴィクトリア時代という自己満足の風潮への反省を彼が強く求めていたことが重視されるべきであると述べ、時代精神との関連において観察・検討する必要性が強調されている。「批評の機能論」『教養と無秩序』の序文の考察・分析が鋭く光っており、著者の長年の研究の結晶が窺われる。

　第2部では、エリオットを「時代精神」という視点より究明する。まず、「文学史改革の理論と実践」として、イギリスの20世紀文学がエリオットによる、ヴィクトリア時代の批判から始まる、との想定で論旨が進められる。また、「伝統論」の考察では、エリオットが古典主義的な伝統論（1919）を修正し、キリスト教的「正統」精神を唱えるに至る時期（1934）を迎えるが、その宗教意識なるものは、既に初期から現れていたことが述べられる。更に、エリオットがアングロ・カトリックへ回心する時期（1927）を境として、その前後の詩に形式上の違い（叙事詩と抒情詩）が見られることなども指摘する。そして第3章では、後年の詩劇創作への意欲は、この回心という宗教的体験による魂の救済を大衆に伝えようとする社会性あるいは批評的精神の現れであると力説する。この部で扱われる初期主要詩の世界の概観、『荒地』『四つの四重奏』『聖灰水曜日』などの詩編の解説は、エリオット研究に入ろうとする新進の研究者はいうに及ばず、ひろく英詩に関心をもつ者にとっても極めて有用である。回心についての論究で扱われる「ダンテ論」「ハムレット論」も説得力に富み、迫力がある。また、『一族再会』『カクテル・パーティ』『秘書』『老政治家』なども興味深く論述・解説され、エリオット理解に極めて役に立つ部分であろう。

第2部　書評をめぐって

　第3部では、20世紀の代表的詩人・批評家であり、同時に美術評論家でもあるリードを中心に論じている。第1章「想像力と環境」、第2章「ユートピア文学の系譜」などでは、その「戦争詩」に現れた想像力や、ユートピア小説『緑のこども』に現れたアナーキズムなどに、現代という「不毛」の時代を生きるロマンティスト特有の思想が窺われることを指摘している。続く第3章「時代精神とヒューマニズム」では、アーノルドとリードという二人の社会批評家に対して「時代」「環境」という見地からみて「時代精神」なるものがどのような影響を与えたかを鋭く論究している。不毛世界を生きる現代人と、社会の繁栄のなかに生きたヴィクトリア時代人という、この二人には明確に相違があったことを分析するのである。

　以上のように、本書は、イギリス近・現代の代表的な作家の文学活動の歴史的必然性を的確に、しかも明確に論究している。豊富・確実な資料を駆使し、着実・精緻な考察を展開した労作であり、著者の長年にわたる独創的研究の成果が遺憾なく発揮され、結実している。特に、難解なエリオットの創作の数々を理解しやすく説得力に満ちて詳述している点には、著者の重厚で暖かみあふれる研究者の姿勢が偲ばれて、後進の研究者には大変役立つと思われる。また、リードの作品研究にあたっても、その作品はもとより、可能な限りの資料を周到・丹念に精査し、第1、2次大戦、国際連盟などの歴史的事実を背景にして、作者が経験した相克・葛藤に鋭く迫り、これらをもとに論を展開するという真摯な研究方法が隅々ににじみ出ている。高く評価されるべき金字塔的学位論文の刊行という快挙が、いまここに成ったと言ってよい。（中国・四国イギリス・

ロマン派学会『英詩評論』第 10 号、1994．6）

3　国弘正雄著『私家版和英』※

　もう既に 16 回を重ねている四国夏季英語セミナーは、本県のみならず全国の英語教育関係者に広くその名を知られている。このセミナー創設以来講師陣のひとりとして 16 年間連続参加し、セミナーの更なる知名度に一層貢献されている国弘正雄氏が、このたび『私家版和英』というユニークな和英辞書を刊行した。

　「斬（き）れば血の出るような英語を物にしようと願うなら、これはと思う英語の表現を遠慮会釈なしに借りてきて、それを元手にしていくのが一番」との著者の持説が見事に結晶された書となっている。言われてみれば簡単なものが、なかなか使えない、話せないというのは平素だれしも経験することだが、本書はいわば手持ちの英語を使いこなすための「和英」として極めて有用と言える。

　事実、著者も「項目の選定にあたっては、英語そのものは易しいのに、日本の平均的学習者にはちょっと思いつかない、という種類の表現に力点を置いた」と述べている。著者が収集した膨大な用例の中から「日本人に役立つと思われる表現を精選し、編さんする」ことを眼目にした本書の、その特色の一端を以下に示そう。

　「朝型人間」morning person、「遺伝する」run in the family、「ぜい肉」fat、「自前で」out of pocket、「原型をとどめぬまでに」beyond recognition など、本来なら考えこみすぎてなかなか英語に直しにくい表現を、なんとも簡単に、平易に、そつなく「和英」し

※朝日出版社、B6 判・488 頁、2,800 円

ている。

また、教室では「悪口をいう」という表現などは、speak ill of とか call names などと教えるのが常道だが、字づらどおり bad-mouth という明快きわまる他動詞を紹介しているのが印象に残る。同様に「後味が悪い」leave a bad taste in our mouth、「ツーカーの仲」have an in with、「ついたりはなれたりの（関係）」the on-again, off-again (relationship)、「共稼ぎ」two incomes など、ピチピチした、それこそ斬れば血の出そうな簡明直截な表現は、さすが著者ならではの感を強くする。

時事的な単語、例えば「視聴率」「植物人間」なども含まれており、斬新さを感じさせる。和文、英文索引も完備しており、日本語、英語どちらからでも検索可能で便利である。

ただ、書名でも分かるように「私家版」（非網羅的）なるが故に、いわゆる和英辞典として使う段になると、項目数650、例文3000という数ではもの足りなさを禁じえないが、これはないものねだりというものだろう。

「引く辞書」というより「読んでたのしむ書」であることを著者自身標榜（ひょうぼう）されている。事実どこから読んでも著者一流の流麗な語り口がすみずみに感じられ、読み止まらぬくらいである。

まだ手元に多くの用例を準備されているとのこと、第2弾、第3弾の刊行が待たれるゆえんである。
（徳島新聞・文化欄、1986．6．8．朝刊）

第3部

国際記念大会・学会に参加して

第1章
テニスン没後100年記念国際大会

　1992年の今年は、テニスン没後100年に当たる記念すべき年である。テニスンは英国ヴィクトリア朝期を代表する大詩人で、ブラウニングとともに明治の昔からわが国でもよく知られている。漱石などもその昔、英国留学したころ、当時華々しい活躍をしていたテニスンにあこがれ、深く傾倒。その後の漱石の作品などにも大きな影響を及ぼしていることが比較文学の立場からも今日究明されている。『薤露行(かいろこう)』などという作品は、テニスンの「シャロット姫」を下敷きにして創作されたものである。ちなみに、評論家・江藤淳氏の博士論文は、この点について精緻（せいち）な論考を展開したものである。

　さて、テニスンはわが国では『イーノク・アーデン』や『イン・メモリアム』などの詩編で明治の昔から今日に至るまで英文学に関係する研究者や学生に親しまれている「桂冠詩人」（英国王から特別に任命された詩人の尊称）であるが、最近はわが国でも若手の気鋭のテニスン研究者が台頭してきているのは心強い現象である。

　今夏、7月24日から4日間、没後100年を記念する国際大会が英国で開催された。ロンドンから2時間ばかり列車で北に向かうとリンカンという古都がある。テニスンゆかりのこの地は、リンカン

大聖堂や古城でその名を知られている由緒ある都市で、大会はこの地の大学を会場に行われた。世界各地から研究者、テニスン愛好者が多数集まり、三つの記念講演、40近くの研究発表が、4日間にわたり盛大に精力的に展開された。3人の記念講演者は、いずれも世界的名著とうたわれた本を刊行している学者、評論家たちで、慧眼（けいがん）に富む含蓄深い卓見に感銘を覚えた。

　ノッティンガム大教授で、大会実行委員長のノーマン・ペイジ博士からの依頼もあり、数年前から本大会を鶴首していた筆者は「日本におけるテニスン研究の現状」という題目で研究発表する機会に恵まれた。過去10年間のわが国のテニスン関係諸論文を俯瞰（ふかん）・展望し、その全体的な特徴をはじめ、個々の精力的・代表的な研究についておよそ30分私見を述べることができた。発表後、参会者より2、3の鋭い質問があったが、それらにも自分なりに的確に答弁ができ、まずまずこの大役を果たしえたものと満足している。

　会場の反応として特筆すべきことは「われらが詩人」テニスンの研究によって、東洋の日本で初めての博士号取得者が誕生したことに参会者の多くから温かい祝福の言葉が述べられたことであろうか。テニスン研究者で学位を与えられた者は、明治以来なかったからである。

　大会2日目の午後には、テニスンの巨大な立像のあるリンカン大聖堂への見学旅行、そしてその夜にはテニスン詩編にメロディーをつけた名曲の演奏会などが催され、長旅のストレス解消に奏功した。3日目も午前中は18人の研究発表が三つのグループに分かれ精力的に行われた。また午後はリンカン市周辺へのバス旅行が実施

され、この詩人の伝記的諸事実へのさらなる理解と共感が深められ、極めて有意義であった。

　イギリスの夏は夜が実に短い。朝4時ごろにはすっかり夜が明ける。そして9時半ごろになって、やっと夜のとばりがおりるといった調子である。北欧の白夜も、さぞかしと連想された次第である。

　大会はさまざまな行事——国際学会、英国各地でのテニスン関係資料の展示会、記念切手の発行など——が盛大に行われ成功裏に終了。関係者一同、今静かにその喜びの余韻を味わっているが、おそらく次は、2009年の「生誕200年祭」であろう。テニスン詩愛好の輪が、そして研究の輪がますます大きく広がっていくことを念じずにはいられない。

（徳島新聞・文化欄　1992．9．1．朝刊）

第2章
テニスン令夫人没後100年記念世界大会

　今から4年ほど前の、平成4年7月、イギリス・ヴィクトリア朝を代表する桂冠詩人アルフレッド・テニスンの没後100年を記念する国際大会が、イギリスのリンカン市で開催され、筆者もこれに参加し、研究発表する機会を得たが、このときの模様は徳島新聞・文化欄に帰国後、紹介させて頂いた。

　今年、平成8年は、詩人の令夫人エミリー・テニスンの没後100年にあたり、今回も世界中のテニスン詩愛好者をはじめ、研究者・批評家などがあいつどい、記念大会を開催することとなった。会期は5月3日から6日までの、3泊4日である。

　南英の港町ポーツマスの沖合に浮かぶワイト島において今回の記念大会は開催されたが、この島はひとつの「郡」（英語ではカウンティ）を形成していて、かなり大きな、菱形をした島であり、イギリスでは全島が保養地・景勝地として知られているようである。昔から隠遁の地で、かつての首都にあるキャリスブルック城には、かのチャールズ1世が一時投獄されていたし、ヴィクトリア女王の離宮オズボーン・ハウスもこの地にあり、これは現・エリザベス女王のウインザー城に比肩する存在と思われた。

　この地でこの大会が開かれたのは、ここにテニスンの旧邸がある

第2章　テニスン令夫人没後100年記念世界大会

からである。今は瀟洒なホテルとなっており、目を奪うようなすばらしい景観と起伏するゆるやかな緑の丘陵地は、世界のツーリストを圧倒するほどであり、筆者もその自然環境の荘厳ともいうべき美しさと豊かさにしばし没我の境に浸ったものである。ロンドンの喧騒を後にしてここにおのが住みかを見いだした詩人の気持ちがひしひしと分かるのであった。

　詩人とエミリーとは、青春期、まさに相思相愛の仲ではあったが、貧困、健康問題、その他の事情で、40歳と37歳という、中年の境涯になっての、いわば晩婚であったが、ふたりの子供をもうけている。長男はのちに、当時イギリス連邦のひとつであったオーストラリアの、初代連邦総督という高位の役職につき、数々の行政上の業績を残している卓越した人物であるし、また父親テニスンについて詳述した「名著」とうたわれている伝記本（2巻）を上梓している才人でもあった。令夫人のエミリーは、敬虔なクリスチャンで、夫アルフレッドの数々の詩業誕生に大きく関わり、献身的な愛を生涯捧げた理想的な夫人として、今日いろいろな伝記に書き残されている。本年のこの慶事を記念して、新しい伝記が何冊も出版されているが、特筆すべきものとしては、アン・スウェイト（著名な詩人・批評家アンソニー・スウェイト氏の令夫人）の慧眼に富む画期的な伝記本、またリチャード・ハチングズの『テニスン夫妻物語』などがある。

　今回の大会には、世界テニスン協会の名誉会長をされている、テニスンの末裔であるテニスン卿をはじめ、コリンズ会長、前述のスウェイト教授、大会実行委員長のバード氏などのお歴々も、力のこもった挨拶をされていたのが印象にのこった。

第3部　国際記念大会・学会に参加して

　筆者も、大会委員長の要請に応えて、「日本におけるテニスン研究の現況」というタイトルで特別講演をする栄誉に恵まれ、英語による講演をすることができた。終了後、立て板に水を流したような、早口の質問を浴びせかけられ、冷汗をかく思いもしたが、このことは日本や日本語に対する深く強い関心・興味を示すものであり、うれしい冷汗というべきものだった。また、大会3日目の夜、テニスンの詩の拙訳を是非日本語で聴きたいと強く要望され、感情をこめて朗読したのも、忘れえぬ思い出になろう。

　いずれにしても、南英とはいえ底冷えのするイギリスの5月のテニスン国際大会は、4日にわたる日程を無事終了することができたが、今回の世界大会で痛切に感じたことのひとつに、例の牛肉問題がある。イギリス人の参加者は果たしてビーフを口にするのだろうか、と興味深く観察したが、なんと驚いたことに、ひとりとしてビーフに関係した料理をたべないのである。ひとりの例外も発見できなかった。チキンとポークなどは圧倒的な人気を得ているのであった。

　今年の5月上旬は、毎日最高気温が10度にもならず、外は寒風の身をきるがごとき風情で、暖房のお世話になること頻りであった。そういえば、イギリスは一般に北海道と同じくらいの気候であるといわれているが、ことしの寒さは異常なのかもしれない。南国・四国生まれの筆者には結構こたえたものである。帰国して5月上旬の新聞をみると、北海道では雪が降っているという記事があった。「メイ・クイーン」のポールをたてるイギリスの今年の5月は、やはり北海道の寒さと同じ気温なのかと、いやに寒さを実感したイギリスへの旅、そして国際大会であった。しかし、筆者のこころの

第 2 章　テニスン令夫人没後 100 年記念世界大会

なかでは、テニスンに寄せる世界中の熱い想いが偲ばれて、あかあかと情熱にも似た想いが燃え続けていた。

1997 年 3 月、鳴門教育大学を定年退官した頃の著者。

（付）
わがこころの風紋
——テニスン研究 40 年の回顧——

　　わが過去の起伏ならむか　ひとり佇つ　鳥取砂丘に翳る風紋

　この歌詠は、その昔、ある県の国家公務員短歌コンクールなる大会に出詠され、運よく第Ⅰ位の賞を得た私の小品である。いま、定年退官を迎える機にあたり、わが過去の起伏を、そして、テニスン研究の足跡を回顧するにあたって、ふと思わず、想起された懐かしいわが歌のひとつである。思えば、人生という、まさに起伏に満ちた砂丘に、一つ一つ形の異なる風紋のごとき足跡を残しつつ辿ってきたわが 40 年の軌跡ではある。この慶賀すべきような、そして一面、寂寥感の漂うような人生の転機にあたり、ここではテニスン研究という局面に絞って、思いつくまま感懐を綴ってみたいと思う。

　昭和 26 年 4 月、はれて大学生となり、今日ではとても想像もつかないような角帽をかぶり、詰め襟の学生服を着て、それなりにちゃんとした革靴をはき、大学生活のスタートをきったのを、いま懐かしく想起している。原爆投下の年からさほど経っていなくて、街の中はまだまだ復興の槌音の絶え間ない慌ただしさと妙な活気の入り交じった雰囲気を漂わせていた頃である。

付　わがこころの風紋

　大学生活2年目の英文学概論や英文学史の授業で初めて詩人テニスンの名前を知った。英文科に在籍していたものの、英文学を専攻し、また、英詩の勉強を深めようなどとは、さほど真剣に考えてもいなかった。高校のときにも特に文学に深い関心があるというわけでもなく、ただ英語という教科が好きで、我なりに「よくできた」という理由で英文科に入ったわけであった。

　大学3年になって、いよいよ専攻をはっきりと決定し、どの作家・詩人あるいはどの作品を卒論のテーマにするか、次第次第に追い詰められたような気分になっていた。

　当時私は、大学内の一種のサークルともいうべき文化団体に、「言霊（ことだま）」という短歌の研究会を見つけ、それに興味を示し、何回か顔を出していた。そのサークルの顧問は、国文科の岡本明教授という大先生で、まことに魅力あふれる恰幅と風采をお持ちの名物教授であった。ごく最近になってお聞きしたことだが、なんとこの岡本教授は、本学の野地潤家学長の恩師にあたられるということで、まことに大先生という呼称がふさわしい教授であった。

　この「言霊」という会に相当興味を示していたということは、当時の私は日本語の美しさや深みに、若者らしく傾倒していたと想像されるのだが、ことばの用い方、ことばの発する霊的な魅力——まさに「言霊」そのものの魅力に取り憑かれていたのかもしれない。

　しかし私は、英文科の学生であったので、何となく引け目を感じつつ、そうした短歌研究会に出席していたようだったが、折りから風の便りに、英文科の小川二郎教授が短歌を詠まれるし、歌会にも出席されているそうだということを知らされ、そちらのほうに転向させていただくこととなった。

小川二郎先生は、ワーズワスやブレイクの研究家で、イギリス・ロマン派研究では日本有数の学者であった。ブレイクの『無心の歌・経験の歌』で学位をとられ、後に文学部長や学長代理の要職をつとめられた。

この小川先生が出席・参加されていた短歌の結社というのは、広島の牛田という、当時はまことに閑静な地区にある「晩鐘」という結社であった。毎月の例会に出席しては、大学では主任教授として側へ寄るのもためらわれた小川先生の、すぐ横に坐り、嬉々として話をしたり、実作批評をしたりしたのを、いまは只ただ懐かしむばかりである。たしか、小川先生の、なにかの祝賀会の折りに、「小川二郎博士の名吟鑑賞」などと題して、私は得意満面、30分もしゃべったのを憶えている。

実は、このような短歌研究と、私のテニスン研究とは、不思議な結びつきを持っているのである。前述のように、ことばの魅力に相当取り憑かれていた私は、短歌的な作品を、英文学の作品の中に見つけようと、無意識ながら努めていたようであった。

ちょうどこのような折り、つまり大学3年から4年になろうとしていた折り、1冊の訳詩集を古本屋で発見した。それは『イン・メモリアム』という岩波文庫の赤帯の本であった。260ページほどで、「テニスン作・入江直祐訳」というものであった。昭和9年8月第1刷発行、昭和26年4月第12刷発行、定価60円であった。

この文庫本が私に決定的なインパクトを与えたようである。当時、北原白秋や与謝野晶子の歌集に心酔していたのだが、この訳詩集は、訳詩集の域に留まらず、すばらしい「日本語の詩集」となっていた。誇張して云えば上田敏の『海潮音』を彷彿させるところが

あった。

　テニスンのこの詩集は、いわゆる挽歌であり、亡き親友のために17年間も詠みつづけた断章を、のちになって集大成した作品集である。この詩人の代表作といってよく、ヴィクトリア女王は、「聖書と『イン・メモリアム』は各家庭の必需品」と云い切るほどの名著であった。このような経緯で、私は迷うことなくテニスンというヴィクトリア朝期の桂冠詩人を卒論のテーマに選択することにした。学部の卒論のテーマは、A Study of Tennyson's Poetry——With Special Reference to His Description of Nature であった。1955年1月に提出した論文で、桝井迪夫教授に審査していただいたようで、先生独特のきれいなサイン（Michio Masui）がいまも鮮やかに読み取れるのがうれしい限りである。先生は署名の下に必ずゆったりとした下線を引かれるのが常であった。その桝井教授もすでにお亡くなりになって数年経っている。先生は、チョーサー研究では世界的に著名な学者であり、学位は東大でおとりになった。昭和30年3月に大学を卒業して、郷里徳島県の池田高校で教鞭をとることになった。高校教員をしながらも、日本英文学会の中・四国支部大会に参加したり、研究発表をしたりしていたので、いまにして思えば、やはり研究の世界に足を踏み込む素地はあったのだろうと想像される。

　池田で7年、創設されたばかりの徳島市立高校で5年間、計12年間高校で教えていたが、恩師のすすめもあり、大学院に進むことになった。（12年前に、大学卒業と同時に院にすすむことは考えなくはなかったが、なにしろ6人きょうだいの長男という立場では、弟たちや妹たちを先ず大学に入れることが先決事項であった。）入

試の第2外国語はドイツ語と決め、放課後などや夜遅く必死で勉強したものだった。英文学史の本も数冊読破した。「ドイツ語は独文専攻の者に負けないような点数をとっていたよ」と入学後恩師から知らされたが、このことは大変うれしかった。

修士論文のテーマは、なんら迷うことなくテニスン研究であった。今度はテニスンの初期詩集全般について研究しようと決心し、数冊に及ぶこの詩人の詩集の研究を行なった。学部のときは30枚くらいであったが、修士論文は120枚近くの分厚いものとなった。(私が昭和54年2月出版した「テニスン研究――その初期詩集の世界」は、この修士論文を母体に加筆補正を施したものである。)

修士課程を修了してから、すぐ広島大学文学部の助手となり、引き続いてテニスン研究に精励する機会に恵まれた。恩師の田辺昌美教授は小説の専門家ではあったが、韻文の分野でも鋭い批評眼をお持ちで、私の研究論文を読んでは、何度も書き直しを命じるほどであった。その都度私は只ただ感服するばかりであった。桝井教授も研究指導面ではまことに厳しい先生であったが、心根のやさしい、おもいやりのある恩師だったと、いま、しみじみと回顧している。

広島大学から岡山大学教育学部に移り、テニスン研究にますます拍車がかかった。当時の学部長だった片山嘉雄教授は、私を1年間、オーストラリアの首都キャンベラにあるキャンベラ大学に交換教授として派遣してくださった。当時、岡大とキャンベラ大とは、姉妹校の関係を結ぶのに熱心であり、私も一生懸命、そのお手伝いをしたが、そのご褒美としてか、第1回目の派遣教員という栄誉を与えて下さったのである。キャンベラ大学には、イギリスとの深い関係もあってか、テニスンの資料がたくさんあり、日本では入手不

付　わがこころの風紋

可能な新資料、雑誌、研究誌などを手にとることができ、私のテニスン研究は飛躍的に進捗した。岡山大学時代には、したがって、テニスンの初期詩集の研究を完結できたと思っている。その総決算として、前述の『テニスン研究──その初期詩集の世界』を出版することができた。

　8年間の岡山大学時代を終えて、次は郷里・四国（とはいえ、西端の）松山へ移住することとなった。今度は教育学部ではなく、法文学部というところであった。やはり思ったとおり、学部の性格が単一的であり、過ごしやすかったように思った。

　ここでは、テニスンの中期詩集を主たる研究テーマとし、精進した。即ち、テニスンの代表作『イン・メモリアム』や『モード』という作品である。研究社から出版されていた齋藤勇博士の注釈本や、同じく研究社刊の『19世紀英文学』という島田謹二博士の著書などは、筆舌に尽くしがたいほどの恩恵と感化と刺激を与えられた。書物が、ひとりの人間に与える影響の如何に大なるかを我ながら痛感したのであった。もう一人、東京文理大の英文科教授であった石川林四郎先生の『テニスンの詩研究』という書物も誠にうれしい存在であった。大正10年3月に発行されたという古い古い書物であるが、その語られている内容は、いまもなお生き生きと躍動しており、古典の魅力を堪能させてくれる名著である。

　愛媛大学の7年間でまとめた中期詩集の研究は、今度は「テニスン詩の世界──『イン・メモリアム』と『モード』」というタイトルで刊行することとなった。四六判・372頁の書物となり、57年10月20日の発行だった。

　昭和59年4月、本学の開学と同時に、愛媛大学より本学言語系

英語講座に着任してからは、テニスンの後期の詩集である『国王牧歌』に没頭する日々が続いた。57年の秋、拙著を出版してからは、すでにアーサー王関係の周辺の研究書を2年ばかり渉猟していたが、鳴門に着任してからは、本格的に後期詩集の研究に取り組む心の準備ができていた。

　ちょうど幸運なことに、昭和60年8月からおよそ6か月にわたり、文部省在外研究員としてイギリスのケンブリッジ大学、そしてアメリカのペンシルヴェニア大学で研究する機会に恵まれた。まさに渡りに舟、という趣で私はそれぞれの大学のヴィクトリア朝詩歌の研究で世界的に著名な学者に教えを乞うことができた。なかでも、ケンブリッジ大のリックス教授は、テニスンやキーツの研究で瞠目すべき業績をあげておられ、私にとっては神様のごとき存在であった。幾度も研究室を訪れ、誠に貴重な助言や示唆を仰ぐことができた。

　このほど（平成8年6月）、日本学術会議の招聘でわが国を訪れ、各地で記念講演をなされ、私も広島で親しく再会することができて大変うれしかった。先生は、現在アメリカのボストン大学に移られている。

　平成9年3月末で私は、本学で13年間勤務したことになるが、このうち前半数年の歳月は、テニスンの後期詩集の研究に取り組んだ。昭和61年の秋、イギリス・ロマン派学会の全国大会が東京で開かれた際、広大の上杉文世教授より、そろそろテニスン研究の集大成をはかり、学位取得を考えたらどうか、とのお話があった。これは誠にありがたいおことばであり、心の躍動を禁じえなかったのを憶えている。あと3、4年かけて、後期詩集の研究、即ち『国王

牧歌』の研究を自分なりにまとめねばならないと気があせった。なにしろこの作品は全12巻、1万余行の超大作であり、この詩人が25年もかけて創作した叙事詩である。アーサー王物語を素材とした、広くヨーロッパ文学中の「華の華」たる作品である。

私としては、12巻のすべてにあたることは時間的にいっても無理なので、このうち主要な四つの巻を重点的に取り組むこととし、残りは概観することにした。

上杉教授からは、純粋な文学作品研究という立場もさることながら、時代の思想の代弁者としてのテニスンの芸術を幅広く研究するという学際的なアプローチも心がけるようにとの注文を与えられ、思想・歴史なども包含した社会学的なアプローチであたらねばならないと覚悟させられた。文学部ではなく、総合科学部の博士課程の社会科学研究科に提出する論文ということで、どうしても時代思潮を踏まえたテニスン研究の方向を取らざるをえなかった。

平成2年4月、学位申請書なる書式を広大学長に提出した。論文題目は、「テニスン研究──ヴィクトリア朝期・時代代弁者としての詩人論」であった。審査委員会の主査は、上杉文世教授（広大・イギリス文学）、副査は、上島建吉教授（東大・イギリス文学）及び、福嶋正純教授（広大・ドイツ文学）のお三人であった。東大の上島教授は、日本におけるイギリス詩研究の第一人者として広く知られている学者である。特に依頼して「合同審査」というスタイルをとることになったそうである。

平成2年6月8日、審査委員全員による試問が実施された。そして同年6月27日、広島大学・田中隆荘学長から学術博士の学位記が授与された。

第3部　国際記念大会・学会に参加して

　学位論文は、文部省科研費補助金「研究成果公開促進費」（267万円）を受けて、平成4年12月に、東京の桐原書店より刊行された。A5判、664ページ、定価1万5000円という体裁となった。

　博士論文書刊行後の、私のテニスン研究は、テニスンの言語芸術を総合的な視座から把握しなおすという立場からの究明に精励した。その成果は、平成5年新年号の『英語青年』における巻頭特集論文「いま、テニスン芸術をどうとらえ直すか」にあらわれている。これは、日本のテニスン研究者5名による「テニスン特集」（テニスン没後100年記念特集）の巻頭論文として書かれたものであり、私としては力を入れて取り組んだものであった。

　その後最近は、この詩人の初期の作品で注目すべき「ロックスレー・ホール」及び「60年後のロックスレー・ホール」などの詩編について研究を重ね、これらは既に研究誌に公刊されている。また、平成4年夏（英国リンカン市）と平成8年初夏（英国・ワイト島）の2回にわたり、テニスン国際学会において、「日本におけるテニスン研究の現状」、その他のテーマで研究成果を述べることができたのは、忘れえぬ思い出になることだろう。

　平成7年10月、キーツ生誕200年記念の、イギリス・ロマン派学会全国大会のシンポジウムにおいて、「キーツとテニスン」と題して意見を述べることができた。学会の会場であった長崎の丘のうえにある活水女子大のすばらしい眺望・景観とともに、これまた忘れえぬ思い出になることだろう。

　定年後も、体力や気力の続くかぎり、この詩人の研究を続けたいものであるが、何よりも実現したいのは、テニスンの訳詩集の刊行であり、またもう1冊たとえば「テニスン論考」とでも題して研究

書を上梓したいと念じている。研究誌に発表した論文が 10 編ほどあるので、それらを整理し直し、まとめてみたいと思っている。

以上、40 年にわたる私のささやかな、文字どおり牛歩のごときテニスン研究の道のりを回顧してみて、まさに先人の名吟に倣いて詠めば、

　　天地（あめつち）に　わが残しゆく　足跡の
　　　　　　　ひとつずつぞと　著書を　さびしむ

の境涯にひたっているきょうこの頃の私である。

あ と が き

　題して『テニスンの森を歩く』。いかにも牧歌的な、おっとりとした響きをもつタイトルである。テニスンほどの偉大な詩人となると、その作品の総体は巨大な森のように広がる。そこでは毎日のように新しくさまざまなテニスン論が世界中に開花、結実し、森はいっそう深くそして豊かになっていくこと必定である。

　このような鬱蒼たる森に足を踏み込んで半世紀。その森の奥深さ、豊潤、そしてその近寄りがたい孤高さに恍惚たる想いで立ちくんだことも一再ならず、また、反面、その名状しがたいほどの美感に満ちみちたテニスンの森の一木一草や、荘重典雅な格調を奏でるその森の梢の風の音に、どれだけ慰められ、励まされたことであろう。

　いま、喜寿の年を迎えるにあたり、ゆったり、おっとりとした想いで、もう一度テニスンの森を、その年にふさわしい足どりで歩いてみたいと思った。

　森を歩いて収集できたものは、1）新しく書き起こしたもの、2）数年前に「特集号」の一環として執筆要請されたもの、そして、3）現職時代に書き溜めていたもの、などなどである。それらを新旧取り混ぜて、第1部としてささやかな森の風景スナップとした。第1章「序にかえて——テニスン詩の魅力は何か」という文章は、『英語青年』平成17年（2005）9月号の巻頭特集「詩を忘れる

あとがき

な」の一環として書いたものである。編集長の津田正氏より、「精読・注釈・翻訳」といった視点も踏まえ、テニスン詩の魅力について論じ、「詩を忘れるな」という特集企画に参画・執筆してほしいというご要請によるものである。苦吟を重ねて草稿をしたためたことを思い出すことしきりである。また、第2章の「『仕立て直された』テニスン像」という文章は、筆者が愛媛大学に勤務していた20年以上も昔、折から陸続として刊行されたテニスンの伝記本3冊（1978, 1980, 1982）を中心に、カーライルの『サーター・リサータス』のタイトルに倣って、「テニスン像を仕立て直したい」という意気ごみで筆をとったものである。また、第3章の「テニスンとオーストラリア」は、最後の付記でも書いているように筆者が、1976年2月から1年間在豪していたときに纏めた文章である。キャンベラ大学の図書館には大変お世話になったことが懐かしく想起される。

又、一方、あらゆる読みを触発しつつ繁茂してきた豊饒なテニスンの森には、「書評」というかずかずの結実がみられる。第2部として、拙著2冊にたいする各界の書評を計7本あつめ、展望することにした。思えば、書評という厄介な骨折り仕事をお引き受けいただき、あるときは暖かく、またあるときは厳しいご意見を開陳して下さった諸先生に、著者の立場からも、衷心より感謝の意を表したい。そしてこの機会に、筆者自身の書いた文学の森のさまざまな風景にたいする書評も併せて収録することにした。なお、この第2部について特記すべきことは、第1章で取り扱う『テニスンの詩想』なる拙著は、わたしの学位論文の刊行書である。長年にわたりご指導を仰いできた広島大学の上杉文世博士を主査として審査していた

あとがき

だいたものである。また、副査として審査いただいた東京大学の上島建吉教授にはいろいろとご指導・ご示唆をたまわり、その学恩は計り知れないものがある。

さらに、第3部には、文字どおりテニスンの森を求めて世界中から参集したテニスン記念世界大会の模様を、今一度、回顧してまとめてみた。英米はもちろん、広くヨーロッパの各国から、そしてわが国からも熱心なテニスン・ファンが寄りつどった大会であった。

若い頃は、私はこのテニスンの森を、あるときは息も絶え絶えに、またあるときは急ぎ足で駆け巡ったりしたものだが、今や、ゆったりとしたペースで歩くことを旨とする境涯である。この本がわが生涯における、悔いなき掉尾を飾る書となれば、幸せこれにすぐるものはない。

今回も、8年前にお世話になった開文社出版社長の安居洋一氏にご厚情を仰ぐこととなった。『テニスンの言語芸術』上梓の際にもカバーの色彩ひとつにも細心の助言をいただき、満足のいく書物を誕生させることができた。ありがたいことである。

このささやかな書物が、テニスン詩の愛好者のみなさんや、この詩人の研究に携わっておられる方々に、また、広く一般にイギリスの詩歌に関心をもたれている方々に、少しでもお役に立てば著者としてこれほどうれしいことはない。

最後に、私事ながら、ことしは「金婚の年」になる。50年にわたって私の研究生活を支え、そして励ましのエールを送り続けてくれた妻、そして家族に、いまは照れることなく深甚の謝意とねんごろなるねぎらいのことばを贈りつつ、「あとがき」の筆を擱きたい。

 2008（平成20）年初秋　秋桜の咲き初めしころ　　　西前　美巳

初出一覧

第 1 部　テニスン論の諸相
 第 1 章　研究社出版『英語青年』2005 年 9 月号・特集「詩を忘れるな」のなかの「テニスン詩の魅力は何か」
 第 2 章　愛媛大学法文学部論集文学科編第 16 号（1983.12）、「仕立て直された」テニスン像
 第 3 章　広島大学英文学会『英語英文学研究』第 22 巻第 1・2 合併号（1977.1）、テニスンとオーストラリア
 第 4 章　書き下ろし

第 2 部　書評をめぐって
 第 1 章　拙著『テニスンの詩想』に関するもの
  1　研究社出版『英語青年』1993.7 月号
  2　イギリス・ロマン派学会『イギリス・ロマン派研究』第 19 号（1994.3）
  3　中国・四国イギリス・ロマン派学会『英詩評論』第 9 号（1993.6）
  4　日本英文学会『英文学研究』第 71 巻第 2 号（1995.1）
  5　徳島新聞・文化欄 1993.4.7.（朝刊）
 第 2 章　拙著『テニスンの言語芸術』に関するもの
  1　研究社出版『英語青年』2001.3 月号

初出一覧

  2 中国・四国イギリス・ロマン派学会『英詩評論』第 17 号
    （2001.6）
 第 3 章 私自身の書いた書評（主要なもののみ）
  1 上掲『英詩評論』第 5 号（1988.6）
  2 上掲『英詩評論』第 10 号（1994.6）
  3 徳島新聞・文化欄 1986.6.8.（朝刊）

第 3 部 国際記念大会・学会に参加して
 第 1 章 徳島新聞・文化欄 1992.9.1.（朝刊）
 第 2 章 書き下ろし

 （付）『鳴門英語研究』第 11 号（1997.3）「西前美巳教授退官記念論集」より転載

索　引

和文の部

アウレリウス　106-7
「アカデミー」　69
「秋に寄せる」　103
「アキレス」　69
アーサー（弟）　24
アーサー王伝説　76, 80, 85-6
「アーサーの死」　76, 80, 85
「アーサーの来臨」　76, 80, 85
アジア　70
アーノルド　7, 104, 109-10
アフロディテ　71-2
アリンガム、W　15
『アルフレッド・テニスン』　13, 16, 21, 39
アレン博士　27
「安逸の人々」　75, 80
石川林四郎　129
『一族再会』　111
『縛めを解かれたプロメテウス』　69
『イーノック・アーデン』　117
「イノーニー」　71, 75, 80
入江直祐　126
岩波文庫　11, 126
『イン・メモリアム』　6, 11, 15, 22, 25, 30, 37, 42, 76, 95
ウィンザー城　120
ヴィクトリア女王　15, 18, 120
上杉文世　103, 130-1, 135

上田敏　126
ウルナー、T.　43, 45, 48
「ウラン」　69
『英語青年』　19, 29, 39, 76, 98, 101-2, 132, 134
『英詩評論』　84
『英文学研究』　89, 101
「エコー」　69
江藤淳　117
エドワード（弟）　24
エミリー（妹）　30, 34
エリザベス女王　120
エリオット、T. S.　109-10
エリス　71
エルムハースト、S. L.　34
円額彫刻　43
『エンディミオン』　70
オイノーネ　71
オーウェン、R.　48
「王室下賜年金」　27
『王女』　25, 84, 97-8, 101-2
岡沢武　79
岡本明　125
小川二郎　125-6
オーストラリア連邦　41
オズボーン・ハウス　120

『海潮音』　126
『薤露行』　117
『カクテル・パーティ』　111

139

索　引

片山嘉雄　128
ガードン　83
加畑達夫　98, 102
上島建吉　76, 101-2, 131, 136
カーライル、T.　135
カーライル一家　45
カーライル夫妻　15
カーライル夫人　23
ガルバルディ　11
ガリー医師　26
『季刊評論』　31
キーツ、J.　31, 37, 70-1, 97, 102, 110, 132
北原白秋　126
「ギネビア」　76, 80, 85
キャサンドラ　71
キャメロン、J. M.　15, 23
キャリスブルック　120
キャンベラ　128
急性狂乱憂鬱症　16
「キューピッド」　69
「驚異の年」　30
胸像　43
キングスレー　18
グィネヴィア　93
国弘正雄　113
グラッドストーン夫妻　15
グレイ　10
桂冠詩人　3, 15, 30, 42, 54, 117
「芸術の王宮」　75, 80
ゲラン　105
ケンタウロス　106
ケンブリッジ大学　30, 130
『荒地』　111
コウルリッジ　9, 82, 102
『国王牧歌』　75, 80-1, 84-5, 87, 89, 96
コーカサス　70
ゴス、E.　15
「言霊」　125
コルブ、J.　19

齋藤勇　11, 129
「砂州を越えて」　60

『サーター・リサータス』　135
サッカレー夫妻　15
サマズビー　23, 32
シェイクスピア　70
ジェイムズ、H.　15
シェリー　69, 70, 102
『私家版和英』　113
『詩集、主として抒情作品』　75
使徒団　83
島田謹二　129
シャノン、E. F.　19, 29
「シャロット姫」　75, 80, 117
ジュピター　70
ジョウエット、B.　15, 48
「シンポジウム」　6
新歴史主義　3
スウィンバーン　15, 17
スウェイト、A.　121
スウェイト夫人　121
スケルトン、J.　15
「スコラ・ジプシー」　110
スパルタ　72
「スパルタ式」　69
スペディング、J.　22, 34, 83
スペンサー連　4
『聖灰水曜日』　111
ゼウス　70, 71
セシリア（妹）　34
セプティマス（弟）　24
セルウッド、E.　15, 21, 24-6, 30-1, 38
『1832年詩集』　22, 75
『1842年詩集』　75

ダイソン、H.　14
ダウスン　100
田中隆荘　131
田辺昌美　128
『ダンテ論』　111
チェインバー百科事典　24
チャールズ（次兄）　24
チャールズ一世　120
チャールズ叔父　18, 20, 23, 31-6
『追想録』　13, 17, 20-1

索　引

津田正　135
「ティソウナス」　97-9, 101
「ティソン」　99
テニスン、A.　3-4, 6, 10, 13, 16, 120
テニスン、C.　13-4, 16, 20, 24, 29, 39, 83
テニスン、H.　13, 28, 31, 83
テニスン協会　41
『テニスン研究』　101, 128
テニスン研究所　48
『テニスン――静心なき人』　19
『テニスン書簡集』　19, 29
『テニスンの言語芸術』　97-8, 136
『テニスン夫妻物語』　121
『テニスンの詩想』　75, 97, 101, 135
『テニスン詩の世界』　101
テニスン令夫人　120-1
「デモクラシー」　69
デモゴルゴン　70
徳島新聞　119
戸田基　79
トルストイ　108
トレンチ　83
トロイ　71
トロイ戦争　72

「南国のマリアナ」　99
野地潤家　125

バイブル　28
バイロン　9
パウンド　28
バックレー、J. H.　14
ハチングズ、R.　121
「ハムレット論」　111
ハラム、A.　15, 22, 30-1
『ハラム書簡集』　19
「晩鐘」　126
『秘書』　111
ヒマラヤ山脈　38
「ヒヤシンス」　69
平林美都子　89, 101
ピール首相　27
フィッツジェラルド、E.　22, 26, 37

福嶋正純　131
『二人の兄弟詩集』　75
ブラウニング夫妻　15
ブラウニング、R.　48
ブルックフィールド、W.　34
ブレイク、W.　126
フレデリック（長兄）　16, 24
フロスト　28
ベアリング、R.　15
ペイジ、N.　118
「ペガサス」　69
「ヘスペロスの娘たち」　97-8, 101-2
ヘラ　71-2
ヘラクレス　70
「ヘリウム」　68
ヘルメス　71
ペンシルヴェニア大学　130
ヘレニズム　105
ヘレン　72
ヘンダソン、P.　14-6
ボストン　41
ボストン大学　130
ポーツマス　120
ポープ　28
ホーマー　28

マーキュリー　70
桝井迪夫　127
マチルダ（妹）　34
マーチン、R. B.　19
マーミドン　71
「マリアナ」　75, 80, 99, 103
マルヴァーン　26
マロリー　91
水治療法　26, 31
ミルズ　83
「ミューズ」　69
ミルトン　10, 93
メアリー（妹）　34
モクソン　27
『モード』　23, 25, 33, 38, 75-6, 80, 86, 88-9, 95, 97-8, 101, 129
モードレッド　94

141

索　引

モナリザ　3
モリス、W.　15
モーリス　18
森の老いぼれ　33

「ユリシーズ」　37, 60, 64, 76, 80, 99
与謝野晶子　126
吉村昭男　84, 104
『四つの四重奏』　111
四分の三頭像　43

ラシントン家　39
ラッセル叔母　27, 33
ラング、C. Y.　19, 29
「ラーンスロットとエレイン」　76, 80, 85
リア、E.　15
リード、H.　109-10
リックス、C.　10-11, 14, 130

リチャードソン、J.　14
リンカン（地名）　117
リンカンシャー　6, 41
リンカンシャー協会　41
レーダー、R. W.　14
レッキー W. E.　48
連邦総督　64
『老政治家』　111
「ロジック」　69
「ロックスレー・ホール」　97-9, 101-2, 132
「ロータス・イーターズ」　64, 99
ロータス・ランド　5
ロマン派　9
ローンズレイ家　39

ワイト島　46, 120, 132
ワーズワス　110, 126

索　引

英文の部

Aboul　33
Acute manic depression　16
Aldworth　20, 23, 48, 50, 54
Alfred Tennyson　47
'Ancient Sage, the'　91
annus mirabilis　30
Arabian Nights Tales　46
Arnold, M.　87
Arthurian Studies　90
'Audley Court'　37
Australia　41

Banks, J.　41
Bass, G.　41
Bayons Manor　20, 23, 32
Beauteous Terrorist, the　55
Boston Stump　41
Brewer, D. S.　90

Cameron, J. M.　15
Captain Cook　41
Captain Pellow　37
Chelsea　45
Choric Song　4
Clarendon Press　19, 29
Coleridge　78
'Coming of Arthur, the'　91
'Crossing the Bar'　60

d'Eyncourt　20, 35
Dickens, C.　88
Don Quixote　46
dualism　106
Dyson, H.　65
Egg, A.　92
Eliot, T. S.　88
'Empire, the'　44
'Endeavour'　41
Eve　94

Faber & Faber　19

Farringford　20, 23, 46, 48, 52
Flinder, M.　41
Fragmentary Thoughts　51, 55, 60

Gilbert, J.　41
Gladstone　46
God　94
Goldsmith　45
'Guinevere'　78, 91-4

Horatio　42
Houssain　33
Humphry Clinker　45

Idylls of the King　77, 86, 94
In Memoriam　76, 78, 89
'intellectual power'　88
'In the Valley of Cauteretz'　9
'Investigator'　41

Jowett, B.　15

Kangaroo Land　56

Lady of Shalott　78, 89
'Lady of Shalott, the'　9
'Lancelot and Elaine'　91
Lang, C.　90
Lear, E.　15
Le Morte Darthur　86, 91
Liebestod　78
Lincolnshire　41
Lincolnshire Association　44
'Lotos Eaters, the'　4, 9, 89
'Love and Duty'　18
Lyell　78

Malory　86, 91
'Mariana'　64, 89
Martin, R.　90
Maud　76, 78, 89
Medallion　43
Memoir　44, 53, 64

143

索　引

Morris, W.　87
Murmurs of the Stream　55

New South Wales　44
Newsweek　29

'O Darling Room'　32
'Oenone'　89

'Palace of Art, the'　89
Paradise Lost　93
Parkes, H.　42, 44, 65
'Passion of the Past, the'　91
Past and Present　92
Patmore　43
Pope　45
Preissinitz　26
Princess, the　78, 94
profile　43

Ricks, C.　90
Righi　38
Rosenberg, J. D.　93
Routledge & Kegan Paul　14

Satan　94
Sellwood, E.　41
'Seventy'　56, 60
Shannon, E. F., Jr.　90
Smollet　45
Somersby　41, 92

'Song of the Pixies'　9
Spenser　76
'St. Agnes' Eve'　9
Stolen Moments　55
Stoneleigh　44
Studies in Rhyme　55
Swift　95

Tennyson, A.　89
Tennyson, C.　47, 65
Tennyson, H.　64
Tennysonian Disciple　56
Tennyson Society　44
Tennyson Society Occasional Papers　65
Thackeray, W. M.　88
three-quarters head　43
'To Christopher North'　22
Trinity College　12, 43
Tristram　87

'Ulysses'　89

Vicar of Wakefield, the　45

Wagner　78
Warwickshire　44
water cure　26
'Weary'　61, 63
Woolner, T　43
word-music　5

144

著　者

西前美巳（にしまえ　よしみ）

1931年徳島県に生まれる。
広島大学文学部英文科卒、同大学院修士課程修了。
イギリス文学専攻。1976年2月渡豪、国立キャンベラ大学
客員講師として1か年、教育・研究に従事。
1985―86年、文部省在外研究員として、英国ケンブリッジ
大学および米国ペンシルヴェニア大学にて研究。
1990年6月、広島大学・東京大学合同審査にて学術博士号取得。
現在、鳴門教育大学名誉教授。

イギリス・ロマン派学会（全国）理事、中国・四国イギリス・ロ
マン派学会副会長および理事、鳴門英語教育学会長などを歴任。

主著　『テニスン研究』（中教出版、1979）
　　　『テニスン詩の世界』（中教出版、1982）
　　　『テニスンの詩想――時代代弁者としての詩人論』
　　　（桐原書店、1992、博士論文刊行書・文部省助成出版）
　　　『イギリス文学の世界とその魅力――時代の流れに沿って』
　　　（渓水社、1996）
　　　『テニスンの言語芸術』（開文社出版、2000）
　　　『対訳　テニスン詩集』（岩波文庫、2003；2007第4刷刊）

テニスンの森を歩く　　　　　　　　　（検印廃止）

2008年10月20日　初版発行
著　者　　　西　前　美　巳
発行者　　　安　居　洋　一
印刷・製本　　モリモト印刷

〒160-0002　東京都新宿区坂町26番地
発行所　開文社出版株式会社
TEL 03-3358-6288・FAX 03-3358-6287
www.kaibunsha.co.jp

ISBN 978-4-87571-051-6　C3098